LES NUITS

DU

QUARTIER BREDA

PARIS. — IMP. SIMON RAÇON ET COMP., RUE D'ERFURTH, 1.

LES NUITS

DU

QUARTIER BREDA

— JULIETTE —

PAR

PONSON DU TERRAIL

DEUXIÈME ÉDITION

PARIS

E. DENTU, ÉDITEUR

LIBRAIRE DE LA SOCIÉTÉ DES GENS DE LETTRES

PALAIS-ROYAL, 17 ET 19, GALERIE D'ORLÉANS

1866

PRÉFACE

A EMMANUEL GONZALÈS

PRÉSIDENT HONORAIRE DE LA SOCIÉTÉ DES GENS DE LETTRES

Ami et cher maître,

Dans notre jeunesse, — c'était hier, — le quartier Breda n'était pas ce qu'on croit généralement aujourd'hui.

Tout ce qui tient avec honneur une plume et un pinceau l'habitait, et beaucoup d'entre nous l'habitent encore.

Nos meilleurs comédiens, nos femmes de théâtre les plus spirituelles et les plus jolies se souviennent avec

joie des nos maisons blanches à terrasses, du haut des-
quelles, le soir, nous contemplions la grande ville en
rêvant d'être quelque chose un jour.

En inscrivant en tête de mon livre un nom **aussi** po-
pulaire et aussi estimé que le vôtre, n'est-ce pas le
placer sous le plus honorable des pavillons et dire au
public que LES NUITS DU QUARTIER BREDA sont une histoire de jeunesse avec du cœur, du rire et des larmes,
et non point une de ces œuvres malsaines qui spéculent
sur la dépravation de notre époque pour faire leur chemin dans le monde ?

A vous,

PONSON DU TERRAIL.

A MADAME L.... L...

Chère madame,

Voulez-vous me permettre de dédier ce livre à la femme aimable et spirituelle et à l'amie qu'on trouve toujours.

Votre dévoué,

PONSON DU TERRAIL.

INTRODUCTION

Il y a quelques mois de cela.

Accoudé tristement à la fenêtre de la petite maison que j'habite dans l'avenue Frochot, tout en haut de la colline blanche que l'on appelle la butte Saint-Georges, et plus ordinairement encore le quartier Breda, je contemplais mélancoliquement cette ville joyeuse de notre jeunesse que tous ceux que j'avais connus et aimés ont désertée un à un.

J'étais maussade et triste, et j'avais, le matin, entendu sonner ma trente-quatrième année.

Où étaient-ils tous ceux qui avaient rêvé, les

uns la renommée, les autres la fortune, et tous,
l'amour?

Où étaient-elles, ces bonnes compagnes de nos
vingt ans dont le rire retentissait dans nos mansardes et dans nos ateliers?

Celui-ci était devenu célèbre, — celle-là s'en
allait au bois dans un *huit-ressorts*. Cette autre
était applaudie chaque soir au Gymnase ou au
Palais-Royal...

Et comme je songeais au passé, on m'apporta
une lettre que je transcris ici et qui sera la meilleure préface qu'on puisse faire à ce livre qui n'est
pas un roman et dont je ne suis pour ainsi dire
que l'éditeur :

« Mon cher ami,

« C'est une recluse qui t'écrit, une exilée du
monde, réfugiée dans un nid de verdure, à cent
lieues de notre Paris, où je ne retournerai peut-
être jamais.

« Car Juliette est morte, mon bon ami ; elle est
morte la soubrette piquante à l'œil effronté, morte
la coquette pour qui on a fait tant de folies ; morte
la Dorine du théâtre français de Saint-Pétersbourg.

« Je crois même que son cœur a été enterré au

Caucase, le lendemain d'un combat meurtrier, avec la dépouille d'un général de trente-six ans.

« Mais, chut! ceci est un secret qui n'est plus à moi seule, et j'estime que le plus sacré de tous est celui qu'on partage avec une tombe.

«Juliette est donc morte, le mois dernier, comme poussaient les dernières feuilles et s'épanouissaient les premières roses.

« Elle avait juste, ce jour-là, trente-quatre ans, et plus rien dans le cœur, si ce n'est un souvenir.

« Que veux-tu que devienne une femme de cet âge qui n'ose plus aimer, et qui, peut-être, ne le pourrait plus?

« Rentrer au théâtre? m'exposer, après deux années passées à l'étranger, aux coups de plume de quelque petit journaliste qui me trouvera engraissée?

« Et puis, rire quand on a pleuré et qu'on pleure encore... ne faut-il pas y être contraint?

« J'ai de quoi vivre, mon ami, et j'ai besoin de repos. En arrivant à Paris, je suis allée chez Trichon, mon vieux notaire, qui me tripote mes fonds à sa guise, et je lui ai, le poing sur la hanche, tenu ce discours :

1.

« — Je veux quitter Paris, vivre à la campagne, habiter une maison entourée d'arbres, adossée à un coteau, dominant une prairie, se mirant dans une rivière, et je veux, en outre, des vaches, des poules, des moutons, des chevaux, toutes sortes d'animaux enfin.

« Trichon m'a écoutée en souriant.

« — Habituellement, m'a-t-il dit, quand on veut une maison semblable, on la fait bâtir et on commande le site où on la placera, au Père éternel, qui est un assez bon paysagiste. Cependant, rassurez-vous, ma chère enfant, je crois que j'ai quelque chose comme ça dans ma clientèle.

« — A vendre?

« — Naturellement. C'est un peu loin, par exemple... en Berry. Cela vaut cent mille francs avec la ferme. Il y a un chemin de fer à huit lieues.

« Trichon, malgré sa tête pelée et sa barbe grise, est toujours le notaire galant et bel esprit que nous avons connu. Il ne s'est jamais refusé le plaisir de dire une impertinence. Aussi, comme sa proposition me convenait fort, il m'a regardée d'un air malin et m'a dit :

« — Quel est donc le petit jeune homme que tu vas enterrer là pendant... six mois?

« Je lui ai jeté mon éventail au nez, et l'ai prié de m'acquérir la maison en question.

« Huit jours après, j'étais ici.

« Trichon n'avait rien exagéré et mon rêve était réalisé.

« J'ai une maison charmante, mon ami ; la fameuse maison blanche aux volets verts de tous les romans, — avec des arbres de cent ans et de vieilles grilles seigneuriales, et une prairie d'une lieue, et, pour tout voisinage, un hameau qui se nomme Saint-Firmin et dont j'aperçois, là-bas, dans le vallon, le clocher pointu comme une aiguille.

« On m'a dit qu'il y avait à six lieues d'ici une ville assez grande, peuplée de bourgeois hérissés de pruderie, et dont l'unique occupation consiste à s'occuper de la pluie et du beau temps, de la ruine des uns et de la fortune des autres.

« Je n'y suis point allée encore et n'en éprouve nullement le besoin.

« On m'appelle ici madame Valneuve, du nom de mon père, que je n'ai jamais porté au théâtre.

« Le notaire et le curé me croient veuve, bien que je ne l'aie pas dit.

« Quand je suis arrivée, j'étais en demi-deuil ;

j'achevais de porter celui de mon vieil oncle qui m'a laissé quelque chose.

« Jusqu'à présent, on ne s'est pas beaucoup occupé de moi, du moins de ce côté-ci du vallon, — car...

« Car, mon cher ami, toute médaille a son revers, toute oasis avoisine le désert, et l'Arabie Pétrée touche à l'Arabie Heureuse.

« Tu vas en juger.

« Ma maison est donc à mi-côte ; plus haut la colline se couvre d'une fouillis de vignes ; au-dessus encore s'élèvent de grands bois qui semblent fermer l'horizon.

« A première vue, ce sont là mes *colonnes d'Hercule*. Il n'en est rien cependant. Un jour il m'a pris fantaisie de gravir le coteau, d'arriver aux grands bois et de les traverser, et, tout aussitôt, comme Moïse découvrant la Judée du haut d'une montagne, j'ai vu se dérouler devant moi, au nord, un vaste horizon qui ressemble à la terre promise à peu près comme la rue aux Ours ressemble au boulevard des Italiens.

« Plaines arides, sablonneuses, semées de pins rabougris, coupées de cours d'eau morbide, d'étangs fiévreux, mouchetées çà et là d'une maison en briques rouges qui prend le nom pompeux de château, — telle est la jolie contrée qui m'avoisine.

« Cela s'appelle la petite Sologne, — la *pouilleuse*, comme ils disent en Berry. Eh bien! mon ami, dans ce joli pays déshérité de Dieu et des hommes, il se trouve force propriétaires campagnards, demi-hobereaux, demi-manants, dont la langue acérée s'est déjà beaucoup occupée de moi.

« Pour les uns je suis veuve, pour d'autres je vis séparée de mon mari.

« Une grosse femme assez commune, qui a beaucoup d'argent, un mari maigre et des enfants gras, prétend que j'ai eu une conduite scandaleuse à Rouen. Pourquoi Rouen?

« Au château de la Revessière, — voilà un nom qui sonne bien! — une nichée de gentillâtres, le père et les cinq fils, a jeté ses vues sur moi. Je suis bien encore, paraît-il; je suis à mon aise, on me croit riche. Voilà une occasion sérieuse de consolider un peu le manoir qui tombe en ruines.

« Donc, on s'occupe de moi un peu partout.

« Mais je me retire derrière mes grands arbres, et je me figure qu'on a baissé le rideau sur une mauvaise pièce.

« Je te vois et t'entends, d'ici, t'écrier :

« — Ah çà! mais tu dois t'ennuyer horriblement là bas?

« Non, mon bon ami, je ne pleure plus, je ne ris pas encore; mais je suis à peu près heureuse. Me voilà presque fermière et à l'abri de Paris.

« Car, vois-tu, quand je suis revenue de Péters-bourg, Paris m'a épouvantée.

« C'était le tourbillon, le gouffre qui allait m'atti-rer de nouveau.

« On ne renonce ni au théâtre ni à l'amour sans de grands déchirements, — le théâtre, cette nour-riture de l'orgueil féminin, — l'amour, ce pain du cœur. Il faut s'en aller bien loin, comme j'ai fait, se condamner à ne plus lire un journal, fermer sa porte à tout homme qui n'a pas un faux toupet et des mollets de son.

« J'ai souffert, mais est-ce à dire que je ne souf-frirais plus encore? J'ai fait un serment, mais aurais-je eu la force de le tenir à Paris?

« Et puis, si parfait que soit un mort, peut-il riva-liser avec les imperfections d'un vivant?

« Cependant j'ai failli rester...

« Ah! nos souvenirs de jeunesse qui nous re prennent un jour à la gorge, qu'en dis-tu?

« Et il faut bien que je te dise une histoire que
peut-être tu sais mieux que moi, pour t'expliquer
mon hésitation. Cette histoire c'est celle d'un homme
que nous appellerons Gérard, si tu veux, et d'une
femme nommée Juliette.

« Or donc, mon ami, laisse-moi te raconter
cela comme un roman.

« Ce fut un soir d'hiver que Gérard rencontra Juliette, pour la première fois, — lui inconnu encore,
— elle dans toute la splendeur de sa jeunesse, de
son talent et de sa beauté.

« Las de valser, ils s'étaient réfugiés dans un
petit salon déserté par les joueurs de whist.

« Gérard était à genoux; il tenait dans ses mains
les deux mains de Juliette et lui murmurait la première strophe de cette chanson de l'amour, éternellement jeune et mélodieuse et qui sera toujours
la même.

« Elle l'écoutait, inclinant sa tête intelligente et
coquette, souriant pour lui montrer ses dents
éblouissantes à travers ses lèvres moqueuses.

« Puis, tout à coup, le sourire s'effaça, le regard étincelant de malice devint rêveur; la voix
railleuse eut un timbre plus doux.

« — Vous avez vingt ans, lui dit-elle, et je n'en ai

que vingt-deux. Vous ne savez rien de la vie, et
ce que j'en sais, moi, je ne pourrais vous l'apprendre. Peut-être ai-je souffert un peu, mais si
peu... vous n'avez pas souffert, vous, et le livre de
l'amour, ce livre dont vous me parlez, ne s'est
point encore ouvert sous vos yeux.

« Si vous m'aimiez, votre amour durerait-il ? Si
je vous aimais, serais-je constante?

« Non, car voyez-vous, mon ami, l'amour vrai,
l'amour unique, celui qui monte du cœur au cerveau, au lieu de descendre de la tête au cœur,
attend pour naître que la douleur ait mûri l'âme.

« Alors seulement, mon ami, on est indulgent ;
on croit, on espère, on pardonne.

« Nous sommes deux enfants, aujourd'hui ; vous,
rêvant la renommée; moi, enivrée de mes triomphes
et n'ayant point encore la force de les supporter.

« Nous serions malheureux tous deux, vous me
faisant expier parfois votre obscurité, moi vous
accablant de ma jeune réputation... attendons...
qui sait ?

« Et le bruit d'une valse interrompit Juliette, et
on vint la chercher, et Gérard soupira...

« Peut-être, en sortant de ce boudoir où l'adolescent lui avait timidement effleuré les doigts de ses

lèvres, tourna-t-elle la tête pour le revoir encore... Mais le tourbillon l'entraîna, la nuit finit, le
jour vint, et cet incendie que Juliette avait allumé
dans la tête enthousiaste de Gérard s'éteignit avec
trois gouttes de pluie, c'est-à-dire en moins de
huit jours.

« Juliette avait eu raison, — il n'avait pas souffert encore.

« Mais à six années de là ils se retrouvèrent,
elle plus belle encore, et lui fatigué mais non
lassé d'un labeur qui avait porté ses fruits.

« Et ici commence une autre histoire qu'on ne
saurait dire en quelques lignes.

« Une histoire vraie, un drame intime et réel,
mêlé de rires et de larmes, de joies délirantes et
de cruels sacrifices, l'histoire d'une vie de deux
années dont le souvenir la reprit et qui fit retentir
tout à coup dans son cœur où veillait un mort le
nom d'un vivant.

« Juliette songea à Gérard.

« Où était-il?

« Pendant une heure elle courut comme une folle,
de rue en rue, dans ce pays Breda, où Gérard avait
demeuré ; depuis les hauteurs de la rue des Martyrs
jusqu'à la rue Saint-Lazare.

« Elle passa devant cette maison où ils s'étaient quittés, un matin, le cœur brisé, mais fermes et dignes comme il convient de l'être à la dernière heure...

« Ah! si elle l'avait rencontré...

« Tout à coup, à l'angle de la rue Taitbout, Juliette se trouva face à face avec Clémence Vernier, qui sortait de chez Marguerite Bertin, et qui lui sauta au cou.

« En dix minutes Clémence eut raconté à Juliette toute son existence depuis quatre années ; mais Juliette ne comprit, n'entendit qu'une chose, c'est que Clémence avait été la dernière maîtresse de Gérard, et que Gérard était marié.

« Et Juliette se sauva chez Trichon le notaire et huit jours après elle était ici, où je viens de prendre la plume pour t'écrire. Je ne te dirai pas que j'ai pris mon parti en brave, mais je suis plus calme et presque heureuse, et je vais te conter l'existence que je mène.

« Je me lève de bonne heure et tout aussitôt me voilà dehors, à travers champs et prairies, entourée de trois ou quatre amours de petits chiens qui gambadent autour de moi.

« Mon cocher, un mougik du nom de Wassili que

j'ai amené de Russie, me dresse un petit cheval du
pays que je monterai dans huit jours et qui est vif
comme un vaudeville de Duvert et Lauzanne.

« J'ai emporté des livres, de la musique, et une
grosse main de papier blanc. Sais-tu pourquoi? Je
deviens *bas-bleu* sur le tard, je veux écrire cette
histoire dont je te parlais tout à l'heure, l'histoire
de notre jeunesse et de nos amours, de nos joies et
de nos misères, à nous tous et nous toutes qui
nous réunissions, les soirs d'été, dans le jardinet
de Gérard, rue de Laval, tout en haut du quartier
Breda.

« Et si, par aventure, tu apprenais quelque jour
que Gérard n'est pas complétement heureux, dis-
lui donc que je ne tiens pas, comme certains vaude-
villistes, à travailler seule, qu'il sera de la pièce
s'il lui plaît de venir en Berry se souvenir un peu du
temps passé, et qu'il pourra mettre son nom sur
l'affiche à côté de celui de ta vieille camarade,

« JULIETTE. »

LES NUITS

DU

QUARTIER BREDA

I

LES THÉORIES D'ASPASIE

Aspasie donnait un bal.

Pour dire la vraie vérité, Aspasie s'appelait Marguerite.

Mais il serait convenable avant tout de prendre un juste milieu entre les bourgeois féroces qui veulent que chaque lorette soit la fille d'un portier, et le gandin naïf qui les croit issues des Montmorency par les femmes.

2.

Donc il faut vous dire la provenance de Marguerite qui se nommait Aspasie.

Aspasie était la fille d'un petit employé qui avait
fait des miracles, avec ses dix-huit cents francs pour
élever sa famille.

Il avait fait un sous-lieutenant de son fils, il voulait que sa fille entrât dans un pensionnat.

Et comme Marguerite, à dix-sept ans, était gentille, spirituelle et gaie, elle avait jeté son bonnet
par-dessus le chapeau d'un joli garçon, en guise
de moulin.

Ce joli garçon était un acteur.

Marguerite était entrée au théâtre ; de dix-huit à
vingt-six ans, son existence avait été celle de toutes
les femmes qui adoptent la carrière dramatique
comme un moyen et non comme une profession.

Elle avait flotté constamment entre douze cents
francs et deux mille d'appointement, entre un
sixième d'agent de change et un bon commerçant
rangé, entre un mobilier non payé et toujours saisi
et la perspective d'un coupon de rente constamment promis à la veille d'une rupture.

Elle n'avait jamais pu faire beaucoup de dettes,
elle n'avait jamais aimé ni ruiné personne.

On disait d'elle, au pays de l'amour en commandite : Marguerite est une carroteuse, elle fait tout en petit.

Pourtant elle avait de l'esprit ; au théâtre elle n'était pas mauvaise ; elle était jolie, elle avait même d'adorables cheveux blonds sur la limite extrême qui sépare cette nuance du rouge.

Mais en tout cela rien d'excentrique, de tapageur, de voyant.

— Tu ne sais pas ce qui plaît aux hommes, lui disait un jour un joli bébé de quarante-trois ans pour qui un adolescent se ruinait.

Avec cela des tocades de fidélité tous les six mois, et l'amour de la famille.

Car il faut bien l'avouer, les pères qui maudissent leurs filles sont de rares exceptions, et les mères qui ne les accompagnent pas dans leur nouvelle existence, confirment la règle.

Le père de Marguerite était à la retraite ; en le renvoyant de son ministère avec huit cents francs de pension, on lui avait donné la croix.

Marguerite lui payait son loyer, lui faisait des chemises et des bas, et lui donnait à dîner trois fois par semaine.

Le bonhomme aimait les bons cigares, il ne se faisait pas trop prier pour en accepter.

Quelquefois, si Marguerite était gênée, il apportait son trimestre dans la maison.

Lorsque Marguerite voulait apaiser un créancier, elle lui envoyait son père.

Un homme décoré, ça faisait toujours son petit effet.

Et Marguerite était arrivée ainsi jusqu'à vingt-six ans, sans position bien sérieuse dans le monde, sans épargnes pour l'avenir, et sans trop d'arriéré pour le passé.

On dit que la fortune frappe, une fois en notre vie, à la porte de chacun.

L'heure de Marguerite n'était point venue.

— Ma petite, lui dit un jour une de ses amies, regarde-moi. Je ne suis pas jeune, je ne suis ni belle ni laide, l'esprit que l'on m'accorde est une mosaïque faite avec les mots de tout le monde, et je n'aimerais pas qu'on pénétrât de trop bonne heure dans mon cabinet de toilette.

Eh bien! j'ai trente mille livres de rente, deux chevaux et trois domestiques. Le petit baron Benjamin se ruine pour moi, et je le laisse faire. A ton âge j'étais comme toi. Il faut prendre un parti, il faut te lancer.

— Je le voudrais bien, répondit Marguerite, mais comment?

— Ma chère, reprit la vieille hétaïre, souviens-toi que les hommes de notre temps demandent à une femme tout ce qui n'est pas de la vertu. Sois bonne fille, économe, rangée, adopte un garçon qui gaspille sa fortune, fais-lui payer ses dettes, vis en pot au feu avec lui ; et tu peux être certaine qu'il te quittera pour se marier avec quelque laideron de province. Ruine-le, au contraire, laisse-le se brûler la cervelle, au besoin, et le lendemain il te pleuvra des déclarations et tu verras arriver à la file dix millionnaires armés de lingots.

— Mais, dit naïvement Marguerite, pour ruiner un homme, encore faut-il qu'il ait de l'argent ! et où le trouver?

— Nous le trouverons.

— Où cela? demanda Marguerite.

— A Bade, nous partons ce soir.

— Mais je n'ai pas le sou.

— Je te prêterai cinq mille francs.

— Mais je ne puis pas quitter Adolphe comme ça...

— Pars sans lui rien dire, il se consolera comme il pourra.

— Ah ! c'est qu'il m'aime bien !

— L'essentiel est que tu ne l'aimes pas.

A la suite de cette conversation édifiante, Marguerite partit pour Bade.

Huit jours après, un soir, ivre morte de vin du Rhin, elle fit sauter la banque.

— Ma chère, lui dit alors le Mentor femelle, si tu as la force de revenir à Paris, de louer un premier étage rue de la Chaussée-d'Antin, d'avoir trois chevaux à l'écurie, et de repousser impitoyablement l'amour de tout le monde pendant six mois, ta fortune est faite.

Il faut dire à la louange de Marguerite que si la fortune venait tard, elle lui fit néanmoins bon accueil et se montra digne de sa nouvelle position.

Elle revint à Paris avec cent trois mille francs, paya ses dettes mesquines, se meubla un appartement splendide, et parut aux courses d'automne dans un dog-cart attelé en tandem qu'elle conduisait elle-même.

Les journaux avaient annoncé son triomphe à Bade ; elle était désormais classée.

Le jeune homme abandonné, Adolphe, revint et essaya de rentrer dans la place.

— Mon chien aimé, lui dit Marguerite, quand je

serai tout à fait posée, tu repasseras et tu seras le
chéri de mon cœur. Mais pour l'instant file ton
chemin et ne faisons pas de bêtises.

Cette dernière rupture opérée avec le passé,
Marguerite devint Aspasie, — et le jour où Aspasie
donnait un bal, elle était une des sept ou huit
femmes à la mode qui suivent les courses de la
Marche et de Chantilly, assistent aux premières représentations avec cent mille écus de diamants au
cou et aux bras, et protègent les journalistes et les
gens de lettres..... qui veulent bien se laisser protéger.

Aspasie avait alors trente-six ans.

Son bal avait été fort beau.

La finance et l'administration s'y étaient cou-
doyées, la presse y avait envoyé une députation et
les arts s'y étaient trouvés représentés.

Tout cela au masculin, bien entendu.

En revanche, les plus jolies actrices de Paris,
quelques célébrités du turf, quelques reines de la
pénombre amoureuse.

On avait soupé à deux heures ; plusieurs intrigues
s'étaient nouées entre la dernière polka et le buis-
son d'écrevisses.

En revanche, il y avait eu deux ruptures, une

bouderie et un coup d'éventail, au sujet duquel
un jeune officier et un non moins jeune auditeur
s'étaient promis de se couper la gorge le lendemain.

La fin du souper avait été le signal du départ.

Seuls, les intimes étaient restés, divisés en deux
camps.

Le premier s'était emparé du jardin d'hiver, une
serre délicieuse, où il y avait des arbustes de cinq
mille francs, et y avait dressé la table du lansque-
net de rigueur.

L'autre s'était groupé autour d'Aspasie. Cette
femme qui, dix années auparavant, mangeait dans
de la faïence, portait des lettres dans de méchants
vaudevilles et faisait faire sa photographie, avait
maintenant une telle réputation de bon goût et
d'esprit, de luxe athénien et d'instincts élevés, que
la demi-douzaine de femmes et la douzaine d'hommes qui venaient de se claquemurer avec elle dans
sa chambre à coucher, étaient à eux tous comme
un résumé délicat de la célébrité parisienne.

Il y avait un grand peintre, un compositeur célèbre, un agent de change, un banquier illustre, un
romancier connu, un poëte qui cherchait à le dé-

venir, un Américain millionnaire, un Russe qui se vantait d'avoir toutes les cheminées de son château en jade vert.

Parmi les femmes, il y avait une soubrette de Marivaux, une comédienne qui avait joué le rôle d'enfant prodige, une vraie comtesse réfugiée au pays de l'amour vénal, et une superbe fille taillée à l'antique, qui avait dix-neuf ans, une beauté de bouchère et pour cent mille francs de diamants à ses poignets et à ses oreilles, que lui avait attachés un homme de la Bourse, appelé Luxor et qui s'efforçait de justifier son nom égyptien par une prodigalité orientale.

Les amants de ces dames n'étant plus là, Aspasie résuma la situation en ces termes :

— Mes chères belles et mes bons amis, les gens ennuyeux sont partis, fermons les portes, de peur qu'ils ne reviennent, et causons un peu du phénix.

— Comment! dit le peintre qui n'avait jamais pu se défaire de sa rage du calembour, tu veux nous faire assurer?

— Il n'est pas question de la compagnie d'assurances *le Phénix*, répondit Aspasie, mais de ce *je ne sais quoi* qui est le mobile du monde, l'essieu sur

lequel tourne la terre, la chose dont tout le monde
parle à tort et à travers, rare comme l'oiseau égyptien, et que personne ne peut définir.

— Mais tu parles de l'amour! dit la soubrette.

— Justement.

— Mes enfants, dit l'agent de change, ne vous
embarquez pas, je vous prie, vous qui êtes les prê-
tresses du plaisir, dans ce rôle de Vestales essayant
de définir le feu sacré.

— Homme grave, répondit Aspasie, je sais ce que
vous allez nous dire : « Les créatures comme nous
ne comprennent pas l'amour... » Et voici sur quoi,
mon bon ami, vous allez baser votre théorie :
« Nous sommes des femmes vénales; pour que nous
aimions, il nous faut des cachemires, des dentelles,
des pierreries et du bois de rose; le *huit-ressorts*
couronne nos feux. »

— Sans doute, dit l'homme grave.

— « La femme du monde, au contraire, allez-
vous nous dire, aime par amour; elle est pleine
d'abnégation, elle élève ses enfants, c'est l'ange du
foyer, la joie de la maison, l'étoile qui protége le
navire. » Là, est-ce bien cela?

— Parfaitement.

— Mais alors, reprit Aspasie, pourquoi venez-vous ici? ·

— Ah! soupira le banquier, qui avait trois filles à marier dont la plus jeune avait deux ans de plus que sa maîtresse, Antonia la Rousse; c'est la corruption du siècle qui en est la cause. ·

— Vous vous trompez, mon bon ami, et je vais vous le prouver. D'abord vos femmes vous aiment par amour, soit: mais à la condition qu'elles auront chevaux, cachemires et bijoux, que la couturière aura carte blanche, et qu'elles allaiteront leurs enfants entre deux polkas et un concert spirituel.

Je ne pense pas que tout cela soit gratis.

En outre, vous ne pouvez pas envoyer leurs mères dîner, comme les nôtres, à la cuisine; vous ne demandez pas des pantouffles chez elles si vos bottes vous blessent, vous vous levez de table pour aller fumer, et le jour où il vous plairait de sommeiller de corps et d'esprit au coin du feu, un bon cigare aux lèvres et un bon dîner dans l'estomac, vous faites votre barbe à la hâte, vous chaussez la cravate blanche et le *zéphyr* et vous montez à côté de votre cocher, sur le siége du coupé trois-quarts qui renferme votre femme et ses dix-sept jupons;

vous la conduisez dans le monde, et pendant quatre
heures, tandis qu'elle danse avec six douzaines de
cupidons à moustaches, vous causez de la question
romaine, qui ne vous intéresse guère, avec une
vieille femme, ou du dernier discours prononcé sur
la question du sucre, vous qui n'en avez jamais mis
dans votre café.

Et alors vous vous dites en soupirant :

« Ah ! que j'étais plus heureux quand j'étais avec
Madeleine, ou avec Hortensia, ou encore avec cette
vaporeuse Mélanie qui trouvait que je n'étais pas
poétique. »

— Tu siffles bien, chère vipère ! dit le peintre
qui avait écouté la tirade d'Aspasie tout d'une
haleine et en oubliant de rejeter la fumée de sa
cigarette.

— Réponds-moi, si tu l'oses, dit Aspasie avec
un sérieux du dernier bouffon.

— Je sais bien, reprit le peintre, que nous avons
l'air de donner raison à ta morale, puisque nous
sommes ici ; mais puisque tu nous as parlé de nos
ennuis d'intérieur, laisse-moi te parler de nos
souffrances à nous tous qui avons eu le malheur

de mettre le pied dans cet enfer qu'on nomme le monde galant.

. Avons-nous jamais une femme à nous ?

— Jamais, dit Aspasie ; cela est vrai.

— Il semble que nous avons réalisé notre cœur, comme une fortune qui était bien solide, en actions industrielles que nous plaçons dans une maison de banque toujours prête à déposer son bilan. Nous vous donnons des turquoises, il vous faut des diamants ; nous vous achetons des hôtels, vous soupirez après des palais.

— C'est votre faute, répondit Aspasie. L'homme ressemble un peu à une rivière qui aurait deux courants contraires. Vos deux courants se nomment la tête et le cœur.

Le cœur est jaloux, la tête vaniteuse. — Tenez, regardez-moi, j'ai trente-six ans ; et je ne dédaigne ni les artifices de la toilette, ni les secours du cold-cream et de la poudre de riz. Quand j'avais vingt ans, de l'acajou pour mobilier, ma beauté au grand complet, des robes à soixante francs, et les voitures publiques pour équipage, êtes-vous venus me dire : Je veux une femme à moi ?

Regardez Cydalise, une toquée, qui l'an dernier avait plus d'adorateurs enchaînés à son *Maïl-Coch*

que le collier à triple tour que voilà n'a de
perles.

Elle s'est amourachée d'un poëte, et de ses
alexandrins, elle a tout vendu, elle a tout *lavé*,
comme nous disons. La saluez-vous, maintenant?

— Moi, dit le Russe, dont toutes les cheminées
étaient en jade vert, j'estime qu'Aspasie a raison.
Cependant...

— Ah! fit Aspasie, voyons la *réticence* moscovite.

— Je trouve que les Turcs sont plus sages que
nous.

— Pourquoi?

— Ils achètent leurs femmes en toute propriété.

—- Mais ils les enferment, et cela ne ferait pas
votre affaire. Car il faut bien le dire, vous nous
aimez pour notre beauté, notre esprit, nos instincts
d'aventures; mais à la condition que vous nous
montrerez, qu'on répétera nos mots, et que nos
folies pas séesct même présentes arrondiront notre
scandaleuse réputation. Or, mes bons messieurs,
si l'on vous disait : Eh bien! je t'aime et

n'aime que toi, tu vas m'enfermer comme une recluse, ma prison deviendra un royaume dont tu seras l'autocrate ; nous irons vivre, si tu veux, en province, à l'étranger, dans un coin, où nul ne saura rien du passé, et où nous contemplerons l'avenir en souriant, vous nous répondriez : Mais c'est presque un mariage que tu me proposes là ! j'aime autant épouser ma cousine, qui a deux cent mille francs de dot, une famille et sa vertu !

Et vous auriez raison, car vous autres, les turfistes de l'amour, vous savez très-bien que le cheval anglais sur lequel vous vous faites admirer au bois serait un fort mauvais cheval de chasse, et quand vous retournez dans vos terres, vous vous cherchez une bonne pouliche normande ou bretonne et une bonne héritière aux mains rouges qui vous donnera un enfant tous les dix mois.

— Tout cela est fort bien, dit le peintre, mais tu parles pour ceux qui ont des terres ; mais nous, les artistes, qui n'avons que notre talent, crois-tu que nous n'aimerions pas trouver une femme intelligente à qui nous pardonnerions le passé, en échange de la science de la vie, qu'elle nous apporterait. Car il faut bien le dire, ajouta-t-il en sou-

riant, nous sommes de grands enfants qui avons
besoin d'une femme forte, et, les femmes fortes, où
les trouve-t-on d'ordinaire ?

— On ne les trouve que chez nous, dit modestement Aspasie.

— Et quand on les a trouvées, elles vous glissent
des doigts. Car, vois-tu, ma fille, reprit l'artiste,
c'est affreux de se dire : Voilà une femme qui est
devenue toute ma vie, pour qui j'ai travaillé, lutté,
grandi... et elle peut me quitter un jour ?

Une heure sonnera où elle aura cessé de venir
dans mon atelier, où je la rencontrerai, et où elle
me saluera comme un indifférent.

— C'est vrai, dit Aspasie, mais alors épousez-
nous....

L'agent de change reprit la parole :

— Les théories n'ont jamais rien prouvé. Il y a
autant de vrai que de faux dans tout ce que vous
venez de dire. Le vrai monde et celui qui ne l'est
pas se valent ; ils ont tour à tour leurs heures
d'égoïsme et de dévouement, d'hypocrisie et de
franchise, de grandeur et de petitesse. Vous parlez
des femmes qui se dévouent à leurs maris et des
maîtresses qui ruinent leurs amants ; pourquoi ne
nous parleriez-vous pas aussi des maris réduits au

désespoir par leurs femmes et des amants sauvés
par leurs maîtresses.

Tenez, parmi nous, à l'heure où je parle, en
dépit des railleries d'Aspasie, il y a des cœurs qui
battent, des passions qui fermentent, et je vous fais
un pari, c'est, qu'avant un an, il y aura eu un drame
réel dans notre cercle intime de ce soir. Lequel,
je ne sais, mais je parierais volontiers pour un
grand amour, un ou deux duels, un désespoir et
un mariage.

— Comment, dit Aspasie, l'un de vous épouse-
rait l'une de nous ?

— Peut-être bien.

— Et l'un de vous en tuerait un autre.

— C'est possible.

— S'il en est ainsi, je ferme ma maison.

— Tu auras raison, dit le banquier en montrant du doigt les bougies qui commençaient à
casser les bobêches, car il est sept heures du
matin.

— Mon cher financier, dit alors la femme du
monde qui n'en était plus, vous avez oublié quelque
chose dans vos prédictions.

— C'est juste, madame. Vous pouvez vous remettre avec votre mari.

— Il y songe, en pensant à l'héritage de ma tante qui aura de la peine à passer l'automne.

Elle disait cela en jouant de son éventail avec le laisser-aller et la grâce d'une marquise castillane.

La belle cauchoise, la femme aux diamants qui portait la livrée de M. Luxor lui dit :

— Et moi, je saurai jouer de l'éventail comme vous, madame.

— Ah! ma petite, dit *la réfugiée*, voilà qui est tout à fait impossible, le jeu de l'éventail ne s'apprend pas, il se transmet.

La cauchoise se mit à rire, ce qui était une preuve qu'elle n'avait pas senti la griffe de la grande dame.

Et elle se leva pour partir.

— Voulez-vous que je vous accompagne? dit l'agent de change.

— Vous aimez le fruit vert? lui dit Aspasie en souriant.

Le financier soupira et dit :

— J'ai cinquante-deux ans, et je les porte, à mes heures.

— Pas aujourd'hui, dit la comédienne enfant prodige.

Les hôtes d'Aspasie se levèrent et partirent un à un.

Trois personnes seules restèrent encore.

D'abord le Russe, ensuite le romancier qui se nommait Gérard, et la soubrette qui n'était autre que Juliette.

— Voulez-vous que nous allions déjeuner à Madrid, leur dit Aspasie.

— Non, répondit Juliette, je n'ai pas faim, et j'ai envie de pleurer, moi dont le métier est de faire rire.

En effet, à la lueur des dernières bougies de la cheminée, une larme étincela dans les yeux de la jeune femme.

— Quel âge as-tu? demanda Aspasie.

— Vingt-huit ans.

— As-tu aimé?

— Oui.

— As-tu souffert?

— Pas beaucoup.

— Aimes-tu encore?

— Non.

— Souffres-tu?

— Énormément, j'ai la douleur du vide...

Le Russe se mit à genoux :

— Madame, dit-il, voulez-vous venir à Pétersbourg. Je vous donnerai un palais sur la Néva et je
serai votre esclave.

— Non, répondit Juliette, j'aime mieux vivre à
Paris et être aimée.

— Madame, dit Gérard qui se mit à son tour à
deux genoux devant l'actrice, je ne suis qu'un
pauvre diable, mais je vous aime assez pour vous
épouser. Juliette le regarda et lui dit :

— Comment pouvez-vous m'aimer autant, vous
qui ne me connaissez que depuis une heure?

— Vous vous trompez, répondit Gérard, je vous
aime depuis six ans.

— Vous m'avez donc déjà vue?

— Oui, au bal du Gymnase.

Un souvenir éclaira le cerveau de Juliette.

— Ah! dit-elle, c'était donc vous?

Il lui baisa les mains et ajouta :

— Ne m'aviez-vous pas dit : attendons?

Juliette se leva vivement :

— Vous me faites peur, dit-elle, je vous défends
de me suivre.

Et elle s'enfuit, plutôt qu'elle ne sortit, serrant
la main d'Aspasie et souhaitant le bonsoir au
Russe.

Gérard demeura un moment immobile, puis il se leva à son tour et sortit.

— Voilà un garçon qui n'a pas perdu sa nuit, murmura Aspasie.

Comme elle disait cela, elle vit le Russe qui pâlissait.

— A quoi songez-vous? lui demanda-t-elle.

— Je songe, répondit-il, à un suicide qui ne soit pas affreusement vulgaire.

— Comment! dit Aspasie, vous aimez Juliette à ce point?

— Au point de me tuer. J'ai envie d'aller chercher une balle au Caucase.

— Mon cher, dit gravement Aspasie, je vois que vous êtes très-malade, mais je suis un bon médecin, croyez-moi.

— Ah! dit le Russe tout frémissant d'espoir.

— Quel âge avez-vous?

— Trente-quatre ans.

— Quelle est votre fortune?

— Je n'en sais rien. Je ne peux pas dépenser mes revenus.

— Eh bien! dit tranquillement Aspasie, revenez me voir... Il y a toujours dans la vie d'une femme une heure où elle s'ennuie.

4

— Mais elle aime ce jeune homme!

— Tant mieux, car il est toujours plus facile d'avoir une femme qui aime qu'une femme qui n'aime pas.

— Ah! murmura le Russe vous êtes impie, en disant cela.

— Eh bien! soyez patient, et on vous donnera tout, grand enfant!

Et Aspasie se mit au lit, après le départ du prince, en se disant :

— Cette folle de Juliette. Ah! je vais tâcher qu'elle ne fasse pas trop d'enfantillages! A son âge on devient sérieuse!

. . . .

II

LES FIANÇAILLES

Donc Juliette avait vingt-huit ans.

Dents éblouissantes, cheveux noirs de jais, mains mignonnes et pieds d'enfant, grands yeux bruns et charmant sourire qui disait tout son esprit et laissait deviner sa bonté.

Telle était la femme au physique.

Au moral, c'était une excellente créature, indulgente pour tous et pour toutes, assez instruite, très-spirituelle et parfaitement bien élevée.

Elle était fille d'un grand comédien et petite-fille d'une femme qui avait tenu avec distinction un emploi au théâtre de la Montansier sous la première république.

Elle habitait, rue Godot-de-Mauroy, tout à côté du boulevard, un joli appartement dont les fenêtres donnaient en partie sur la rue, en partie sur un des rares et beaux jardins qui existaient encore dans ce quartier, aujourd'hui remanié de fond en comble.

Peu de bibelots, quelques bronzes, quelques tableaux, beaucoup de livres, un ameublement qui n'était ni sévère ni colifichet, un boudoir tendu de gris, une chambre capitonnée en perse ancienne à grand ramage : tel était le nid où s'abritait cette blanche et charmante femme que Gérard aimait déjà comme un fou, et pour qui le prince Karinoff, le Russe aux cheminées de jade vert, avait songé à mourir.

— Mon ami, disait-elle un soir, un mois après le bal d'Aspasie, il y a des amants qui partent pour la campagne, d'autres qui vont voyager et s'imaginent qu'ils seront plus heureux et s'aimeront davantage dans quelque affreuse chambre d'auberge. Si nous restions à Paris ? Qu'en penses-tu ?

J'ai un congé de trois ·mois. L'été est venu, juin flamboie, comme disent les poëtes, et tout le monde s'en va. Si tu tiens absolument à avoir une lune de miel, restons ici. Nous passerons la journée dans ce boudoir, les fenêtres ouvertes, avec les grands arbres de ce jardin pour horizon. Le soir, nous sortirons à la brune, et nous irons courir les Champs-Élysées et le bois. Cela te va-t-il?

— Tout me va, dit Gérard en s'arrondissant comme le tailleur de Bagdad sur le tapis, devant Juliette, qui s'était pelotonnée dans une chauffeuse et faisait danser sa mule rouge au bout de son pied nu.

— Voici donc, reprit-elle, le premier article de notre constitution voté à l'unanimité. Passons au second, c'est-à-dire causons du budget.

J'ai -fait maison nette pour toi, mais encore faut-il savoir si nous ne mourrons pas de faim.

Je gagne six mille francs, et j'ai déjà mille écus de loyer. J'ai des diamants, il est vrai; mais, si tu n'as pas le mauvais goût d'exiger que je mette à l'encan mon mobilier et que je brûle mes dentelles, je ne pense pas non plus que tu t'accommodes d'un revenu semblable. Que gagnes-tu?

— Bon an mal an, vingt mille francs.

—C'est-à-dire que, tout compté, nous aurons vingt-six mille livres de rentes. Ah! qu'il va falloir être économe...

— Je travaillerai, dit Gérard, je ferai du théâtre.

— Soit, mais je veux que tu conserves ton cheval, que tu te soignes de ta personne, que tu fumes de bons cigares et que tu ne travailles pas la nuit.

— Je ferai tout ce que tu voudras.

— Maintenant, reprit Juliette, abordons le dernier article : c'est le chapitre des affaires étrangères, c'est-à-dire des relations extérieures.

J'ai eu des amants, j'ai beaucoup d'amis; je suis au théâtre, et on me tutoie à tort et à travers. Si tu es jaloux et si tu manques d'une foi aveugle, absolue, en moi, tu seras malheureux. Songes-y.

— Je ne suis point jaloux, dit Gérard.

— Je ne suis pas précisément une femme d'intérieur, poursuivit-elle. Je dîne volontiers dehors, je passe les nuits sans douleur, et j'adore le spectacle. Quand tu ne voudras pas m'y conduire, j'irai avec mes amies. Cela te va-t-il?

— Tout me va, dit encore Gérard.

— J'ai une nature calme, reprit Juliette; j'ai

horreur des grands mots, des grandes phrases, des querelles d'amour et des serments solennels. Si tu as rêvé une liaison à l'Espagnole, va-t'en. Si tu veux une femme bonne, aimante, sans enthousiasme et sans bouderies, prends-moi.

Je sais bien qu'il y a des amants qui se brouillent chaque matin pour avoir, le soir, le bonheur fiévreux du raccommodement.

Ces comédies-là sont bonnes pour des gandins et des cocottes. Nous sommes quelque chose de mieux, puisque nous sommes artistes. Dispensons-nous donc de les imiter.

Quand je rentrerai au théâtre, tu viendras me chercher les soirs où tu n'auras rien à faire, mais ne t'y crois point obligé. Je suis une fille majeure, et les *messieurs qui suivent les femmes* dans les rues, à minuit moins un quart, ne te causeront aucun dommage.

— Je ferai ce que tu voudras, dit Gérard, pourvu que tu m'aimes toujours.

Juliette lui mit ses bras nus autour du cou et un baiser sur ses cheveux châtains.

— Ceci est une phrase, niais? dit-elle. Le moyen de s'aimer toujours, c'est d'avoir toujours peur de se quitter.

Elle lui roula une cigarette et la lui mit entre les lèvres.

— A présent, va-t'en, dit-elle. Il est tard, je veux dormir.

— Comment! fit Gérard, tu me renvoies encore?

— Oui, dit Juliette; je t'ai condamné à une antichambre de six semaines, et je ne veux pas être faible.

Gérard se leva en soupirant.

— Ah! que ces huit jours-là sont longs!... dit-il. Et il s'en alla.

Il y avait plus d'un mois qu'il venait chaque soir chez Juliette; quelquefois même il arrivait le matin et déjeunait avec elle; mais ils n'étaient encore que les *promessi sposi* de *Manzoni.*

Juliette voulait laisser refroidir les cendres du passé.

Or, comme Gérard venait de partir, on apporta une lettre à la comédienne.

Elle était d'Aspasie.

Aspasie écrivait :

« Viens me voir, j'ai besoin de toi... »

Juliette s'habilla, envoya chercher une voiture et courut chez Aspasie.

Cette dernière était toute bouleversée.

— Ma bonne amie, lui dit-elle, je suis à demi morte de frayeur.

— Que t'arrive-t-il? demanda Juliette tout émue.

— Une chose épouvantable, un malheur dont tu es la cause indirecte.

— Moi!

— Oui. Mais écoute-moi. Te souviens-tu du prince Karinoff?

— Ce Russe qui a de si belles cheminées? dit Juliette en souriant.

— Oui. Eh bien, il s'est battu...

— Avec qui?

— Avec *Toto*.

Toto était l'amant d'Aspasie; c'était une manière de fou et de maniaque, Polonais d'origine, Français de naissance, qui répondait au nom de comte Ladislas Totowitz, et que, par abréviation, Aspasie appelait Toto.

Toto était immensément riche, sauvage comme un Cosaque, jaloux comme Othello.

Il avait fait sa cour à Aspasie en lui disant :

— Madame, vous dépensez quatre-vingt mille francs par an, et, pour arriver à ce chiffre, vous avez trouvé la combinaison d'un agent de change, d'un homme d'État et d'un fils de famille qui grignotte son troisième oncle. Si vous voulez, je me mets en leur lieu et place, et je donne cent cinquante mille francs.

Mais, si vous acceptez mon marché, prenez garde!

— A quoi? demanda Aspasie.

— Je ne suis pas athénien, moi, je suis un sauvage, je veux tout ou rien. Si vous souffrez mes hommages et que je trouve jamais un homme chez vous, je vous tue.

— Mon cher jaloux, lui avait répondu Aspasie, vous êtes adorable de payer cent cinquante mille francs par an ce qu'on aurait fort bien pu vous donner pour rien. Mais soyez content, ma maison sera désormais un sérail, dont vous serez le grand seigneur et dans lequel, excepté vous, il n'entrera que des femmes, la France n'ayant pas d'eunuques.

Tout cela se passait huit jours après ce fameux bal d'Aspasie où Gérard avait retrouvé Juliette, et il n'y avait pas plus de trois semaines que Toto était devenu le seigneur et maître de la maison.

— Mais pourquoi se sont-ils battus? demanda Juliette.

— Ah ! c'est tout une histoire, dit Aspasie. Tu vas voir...

Juliette s'assit.

— Il faut te dire, reprit Aspasie, que ce malheureux prince Karinoff est amoureux fou de toi depuis le jour où il t'a vue ici.

— Passons, dit Juliette. J'ai mes pauvres.

— Et c'est fâcheux, dit Aspasie, car il était riche comme un nabab, brave à outrance et beau comme un cent-garde.

— Comment *était?* exclama Juliette, il est donc mort?

— Il n'en vaut guère mieux.

— Mais enfin, qu'est-il arrivé?

— Le prince venait ici tous les jours pour me parler de toi, pour savoir si je t'avais vue. Il s'intéressait à tout ce que tu fais. Il y avait des moments où cet homme qui est fort et courageux comme un lion, avait, en prononçant ton nom, des larmes dans les yeux. Ah! soupira Aspasie, si j'étais aimée comme ça, moi...

— Après? fit Juliette avec impatience.

— Toto m'aime bien, pourtant, reprit Aspasie, mais il m'aime comme une esclave, tandis que Karinoff t'aime comme une reine. Or, c'est précisément à un moment où il pleurait comme une femme que Toto est entré. Tu vois la scène, ma chère.

Toto l'a pris pour un rival et a voulu tout casser.

Le prince lui a dit : « Monsieur, je vous jure que je ne suis pas l'amant de madame et que je venais ici pour lui parler d'une autre femme dont je suis éperdûment amoureux.

— Nommez-la-moi ! s'est écrié Toto.

— Non, a dit le prince, car cette femme ne m'aime pas, ne m'aimera peut-être jamais, et je n'ai point le droit de la compromettre. »

Alors, aveuglé par la colère et la jalousie, Toto lui a jeté son gant au visage.

Il était alors deux heures de l'après-midi.

— Comment? fit Juliette, c'était aujourd'hui.

— Oui.

— Et ils se sont déjà battus?

— Ils sont partis en voiture pour Meudon; à quatre heures, ils avaient l'épée à la main; trois minutes plus tard, le prince tombait le poumon traversé.

« Monsieur, a-t-il dit alors à Toto, je vous jure sur le salut de mon âme, car il est probable que je vais mourir, je vous jure que je ne suis pas l'amant d'Aspasie. Si vous la voyez, suppliez-la de m'amener la femme pour qui je meurs. »

Toto est arrivé ici à moitié fou, et je ne pense pas que tu laisses mourir ce garçon sans le voir.

Juliette était pâle et oppressée.

— Pauvre amie, dit Aspasie, tu aimes donc bien ton petit feuilletoniste ?

— J'en suis folle.

— Allons ! soupira Aspasie, je le vois, tu te rangeras de l'autre côté de la trentaine.

Juliette eut un superbe sourire.

— Si je n'étais pas une honnête fille, dit-elle, je me ferais épouser. Il m'aime comme un brigand napolitain aime la Madone.

— Oui, mais quelle niche te bâtira-t-il ?

— Bah ! dit-elle, il est jeune, il a du courage. J'en ferai un homme et il charpentera des mélodrames à embêter Dennery.

Et puis, ne suis-je pas au théâtre, moi ?

Qui sait ? la maison de Molière pourrait bien être mes invalides.

—Mais il faut que tu viennes voir mon Russe, dit Aspasie. Il sera certainement mort demain matin et il ne mourra pas sans te donner une poignée de main. Ça te portera peut-être bonheur...

Le coupé d'Aspasie attendait dans la cour de son petit hôtel de la rue Léonie.

— Où demeure-t-il donc ce pauvre garçon? dit Juliette qui était toute bouleversée.

— Rue d'Anjou-Saint-Honoré.

—Partons!...

. . . .

Il y avait deux personnes au chevet du princ Karinoff, un médecin et le brutal comte Toto-witz.

— Docteur, disait le prince, pensez-vous que je passe la nuit?

— Mais, dit le docteur qui s'efforça de prendre une attitude rassurante, vous n'êtes pas en danger de mort, prince.

— Laissez-moi espérer le contraire.

— Quelle folie! murmura le Polonais.

— Depuis un mois j'appelais la mort, reprit le prince, qu'elle soit donc la bienvenue!

Comme il parlait ainsi et que minuit sonnait, Juliette entra.

Elle s'arrêta un moment sur le seuil et vit la tête pâle du prince, cette tête énergique et belle, quoique la souffrance eût déjà répandu sur elle comme un voile de mélancolie profonde.

Et, la voyant, le prince eut un regard brillant de joie.

— Ah! dit-il, c'est la vie qui revient. Mon Dieu! faites que je meure!....

Il surprit un regard que le médecin et le comte Polonais venaient d'échanger.

Ce regard signifiait :

« Il n'a pas trois heures à vivre. »

Et ce regard rassura le prince Karinoff, qui, en revoyant Juliette, avait eu peur de ne pouvoir mourir.

Il pria tout le monde de sortir et de le laisser seul avec elle.

Juliette ne pouvait détacher ses yeux de cette noble et belle physionomie un peu hautaine sur laquelle la mort semblait déjà planer.

Elle s'était assise auprès du lit et elle lui avait laissé prendre sa main.

— Madame, lui dit-il, lorsqu'on les eut laissés seuls, je crois que je serai mort demain matin.

— Oh! ne parlez pas ainsi, fit-elle. On est revenu de plus loin.

— C'est possible, mais j'aime autant mourir, dit-il simplement.

— Ah! la vie est bonne, pourtant, lui dit-elle. Pourquoi la quitter?

Il se prit à sourire.

— Vous en parlez bien à votre aise, dit-il, vous qui êtes jeune, qui êtes belle, qui êtes aimée et qui aimez....

Elle baissa la tête et songea à Gérard.

Le prince continua :

— J'ai eu le malheur d'être très-riche et de ne ménager ni mon cœur, ni mes émotions. J'étais blasé quand je vous ai vue, et j'ai compris que, dans mon cœur flétri, il n'y avait plus de place que pour vous. Vous ne m'aimez pas, et d'ailleurs je vais mourir. Mais je vous demande une grâce, me refuserez-vous?

— Cela dépend, dit Juliette émue.

Il passa la main sous son oreiller et y prit une lettre.

— Il y a quinze jours, poursuivit-il, j'ai voulu me tuer ; et je vous ai écrit pour vous confier non mes dernières volontés, mais mon dernier vœu. Prenez cette lettre. Quand vous apprendrez ma mort, vous l'ouvrirez.

— Ah ! dit Juliette, j'espère bien ne l'ouvrir jamais.

De nouveau, il lui prit la main et, cette fois, il la porta à ses lèvres brûlantes.

Puis il la repoussa vivement.

— Allez-vous-en ! dit-il, laissez-moi mourir en paix, et priez pour moi, quand je serai mort, car vous devez être chrétienne.

.   .   .   .

Gérard habitait rue de Laval.

Il avait un pavillon d'un étage au fond d'un jardin, dans le coin duquel le propriétaire complaisant et qui aimait les artistes, lui avait permis d'installer une écurie pour son cheval et une remise pour son poney-chaise.

Un groom de quinze ans et une femme de ménage composaient tout son domestique.

Son loyer n'allait pas à douze cents francs, et il avait une maisonnette à lui, et à l'entour de cette maisonnette de grands vieux arbres qui semblaient vouloir rappeler la forêt de Fontainebleau.

Par les nuits d'été, c'était un vrai nid de tourtereaux que cette maisonnette, et Gérard y était rentré ce soir là, en songeant à cette blanche Juliette qui allait en devenir la fée.

A une heure du matin, il se promenait encore dans le jardin, songeant à elle, rien qu'à elle et se disant :

— Ah ! ces huit jours ne finiront jamais.

5.

Un coup de sonnette le fit tressaillir.

Entre le jardin et la rue, il y avait un corps de logis, une maison à locataires, sous laquelle on passait pour arriver chez lui.

Or, cette maison était habitée par des locataires âgés, tranquilles et qui, bien certainement, étaient tous rentrés depuis longtemps.

Qui donc sonnait ? Cette visite nocturne ne pouvait être que pour Gérard.

Et Gérard fut pris d'une telle émotion qu'il fut obligé de s'asseoir sur un banc adossé à la maisonnette. La porte s'ouvrit et se referma, un pas léger fit crier le sable du jardin, une femme apparut, au clair de lune, marchant d'un pas rapide.

C'était la fée rêvée par Gérard, — c'était Juliette qui vint à lui, passa ses bras autour de son cou et lui dit d'une voix émue :

— J'ai peur de moi... J'ai peur de Paris... Partons !

III

LE DRAME DE LA RUE LÉONIE

En ce temps-là, c'est-à-dire cinq mois après le départ précipité de Juliette et de Gérard qui avaient quitté Paris sans dire où ils allaient, Aspasie avait une amie du nom de Léocadie.

Léocadie était blonde et tirait sur le roux.

Age incertain, beauté discutable, maison montée sur un grand pied, écurie au complet et six domestiques. Léocadie était venue à Paris, il y avait cinq ou six ans.

Son histoire était nébuleuse comme une légende de la vieille Germanie.

Selon les uns, elle avait fait sa fortune en Californie où elle ne s'était montrée ni fière, ni paresseuse.

Selon les autres, elle avait fait sauter la banque de Wiesbaden. Mais cette version ne pouvait être sérieuse, la banque de Wiesbaden ayant à peine de quoi vivoter.

On l'avait remarquée pour sa grâce infinie à monter un alezan brûlé magnifique, et conduire un char dans la carrière, comme eût dit M. Viennet.

Elle avait dansé quelques mois à la Porte-Saint-Martin, joué le drame à Beaumarchais et la comédie aux Folies-Dramatiques.

Puis, un beau jour, on l'avait vue aux avant-scènes, couverte de diamants, en compagnie d'un vieux baron allemand fort bien conservé, sanglé dans un corset, pommadé et maquillé comme une femme qui redoute l'été de la Saint-Martin.

A partir de ce jour, Léocadie n'avait plus quitté le baron.

Le baron Conrad de Wilhmaüsen, major prussien en retraite, passait pour infiniment riche. Léocadie avait la réputation de le ruiner ; cependant on ne l'avait jamais vu que chez elle, il n'avait pas de voiture, allait peu dans le monde, et on ne savait au juste où il demeurait.

Une aventure d'épée l'avait posé comme un homme terrible.

Un jeune homme du meilleur monde, que son tuteur venait d'émanciper, ayant envoyé un bouquet à Léocadie, pendant un entr'acte, à une première, le baron avait riposté par sa carte et des témoins et, le lendemain, l'adolescent avait reçu un coup d'épée terrible dont il avait failli mourir.

A partir de ce jour, Léocadie qui n'avait eu jusque-là qu'un fort bel appartement, était venue s'installer rue Léonie, dans un petit hôtel mitoyen de celui d'Aspasie.

Jusqu'au moment où le petit Félix de R..., — c'était le nom du bambin, — avait attrapé son coup d'épée, on avait fait fort peu d'attention à la beauté douteuse de Léocadie, et on n'avait guère admiré que ses diamants, — lesquels, du reste, pouvaient bien être du strass, — son art de conduire, et on s'était répété par curiosité pure, son histoire des plus embrouillées.

La jalousie du vieux baron lui donna l'attrait d'un fruit défendu.

Mais, chose assez bizarre! Ce more de Venise blond et à corset parut s'être calmé subitement.

Il dormait, disait-on, sur la foi des traités et tenait Léocadie pour incapable de le trahir.

Et cependant, à partir de ce jour aussi, on raconta tout bas dans les clubs et chez les petites dames du quartier que Léocadie trompait le baron, à l'heure et à la journée.

Les amants qu'elle visitait en cachette, plaçaient des forts de la halle dans leur antichambre pour les protéger contre le terrible baron.

Ceux qui étaient assez hardis pour pénétrer chez elle, la nuit, par une petite porte du jardin, ne s'aventuraient en semblable équipée qu'avec un arsenal tout entier de poignards et de pistolets à leur ceinture.

Pendant deux ou trois années, les tout jeunes gens, les hommes qui rêvaient des passions héroïques et des périls épouvantables, s'attelèrent au char de cette rousse quadragénaire.

Le baron sommeillait.

— Parfois, cependant, il s'éveillait à demi. Il donnait un coup d'épée par-ci par-là.

Une nuit, quelques artistes qui rentraient chez eux, rue Chaptal et rue Fontaine, après une longue promenade sur tous les trottoirs du quartier et un éreintement approfondi de la peinture de M. Ingres au profit de celle de M. Courbet entendirent des cris de femme, des sanglots, et s'approchèrent de la grille du petit hôtel.

Ils virent alors une créature demi-nue qui courait échevelée, se tordant les mains et demandant grâce.

Un homme la poursuivait, un poignard à la main. C'était le baron qui dans un accès de jalousie frénétique voulait tuer Léocadie.

L'aventure fit du bruit et remit pour quelque temps à la mode, parmi les adolescents bien rentés, les charmes un peu murs de Léocadie la rousse.

Cependant, au bout de quatre années, il y avait déjà tant de gens qui avaient échappé aux colères terribles du vieux baron qu'on commençait à se dire tout bas que si le bonhomme n'avait pas été un peu sourd et très-aveugle, tout Paris y eût passé.

Le fruit défendu était devenu une belle grappe de raisin bien mûre dont chacun avait eu son grain.

Un jour, le vieux baron entra un peu à l'improviste chez Léocadie.

— Ma chère, lui dit-il, j'ai à causer longuement avec vous.

— Moi aussi, reprit-elle.

— Il faut en finir, dit-il.

— C'est mon avis, dit-elle avec flegme.

— Que devons-nous? demanda le baron.

— Cent mille francs. Nous serons saisis demain.

— Et vendus avant un mois, ajouta le baron.

Léocadie prit vis-à-vis du vieux major une attitude insolente.

— Mon cher, dit-elle, vous avez trop ménagé votre santé depuis quelque temps. Vous reculez devant le coup d'épée, et notre hameçon n'a plus de dents. Les hommes entrent ici comme à la Bourse. Il y a un de ces messieurs qui m'a fait offrir quinze cents francs. Ce n'est pas tenable.

— Eh bien, que comptez-vous faire?

— Oh! dit simplement Léocadie, une chose bien naïve, allez! Mes diamants sont faux pour la plupart, et, si ce n'est quelques bagues, quelques perles et deux ou trois bracelets qui, à eux tous, ne valent pas trente mille francs, je n'ai rien. Le mobilier n'est pas payé, et les billets que vous avez faits sont protestés.

Heureusement j'ai mis de côté quelques billets de mille francs. Si notre dernière espérance s'évanouit, je file.

— Sans moi?

— Ah! oui, par exemple!

— Et où irez-vous?

— À Londres ou à New-York.

— Mais moi... j'irai à Clichy.

— Mon cher, dit froidement Léocadie, il y a assez longtemps que vous fréquentez la mauvaise compagnie pour avoir besoin de vous retremper. On voit à Clichy des gens très-bien.

— Pourquoi donc aussi, fit le baron, avez-vous laissé partir le petit Américain?

— Je l'avais en horreur.

— Bon! et M. de Chelles?...

— Ah! oui, dit la femme rousse, parlons de celui-là; il me rossait.

— N'est pas *rossée* qui veut, dit philosophiquement le baron. Ainsi vous *fileriez*?

— Oui.

— Quand?

— Demain, car, ma foi! ce soir, je m'amuse et

6

ne m'occupe point d'affaires, à moins que Giacomo
ne m'enlève, et c'est peu probable.

— Et où comptez-vous donc vous amuser?

— J'irai chez Aspasie, qui donne un thé.

— A quelle heure attendez-vous Giacomo? car je
suis convaincu, moi, que ce Napolitain fera tout ce
que nous voudrons...

Léocadie prit sur la cheminée une lettre qu'elle
lut à mi-voix :

« Mon ange adoré,

« Cette existence que je mène avec vous depuis
un mois n'est plus possible. Il faut que vous soyez
à moi tout entière. Je vous emmènerai où vous voudrez, mais il me faut tout.

« Vous me dites que M. de Wilmhaüsen part ce
soir pour l'Allemagne, et que nous aurons huit
jours de liberté? Ce n'est pas huit jours, c'est l'éter-
nité que je veux.

« Cependant je suis un galant homme, Léocadie,
et il y a des choses que je comprends. Ce vieillard
a été votre père, dites-vous, bien plus que votre
amant. Si je ne reculerais pas devant son épée, je ne
sais cependant si j'aurais le courage de me trouver
en présence de sa douleur. Attendons qu'il soit

parti. Je me suis installé dans une chambre d'hôtel garni, et je guette son départ à deux pas de chez vous.

« Je ne veux pas de vos diamants. Je vous en donnerai d'autres plus beaux. Je vous veux toute nue, comme la vérité.

« A ce soir, mon ange aimé.

« GIACOMO PEPPE,
DES MARQUIS DE SAN FIRMIANI. »

— Eh bien? dit le baron; mais il n'y a rien de désespéré, ce me semble.

— Moi, dit froidement Léocadie, je n'ai pas confiance. Tous ces Italiens sont des blagueurs. Cet homme nous joue peut-être par-dessous jambe.

Elle se mit à la fenêtre.

— Voici qu'il est huit heures, dit-elle. Vos malles sont-elles prêtes?

— Oui.

— Eh bien, partez...

Le vieux baron passa dans une chambre voisine, y demeura vingt minutes et en ressortit avec une combinaison marron et un melon de voyage.

Il avait un plaid sur son épaule et une petite malle à la main.

Léocadie se remit à la fenêtre pour le voir monter dans son coupé, et elle jeta un regard incendiaire sur une persienne de la maison en face, qui était une maison meublée.

Derrière cette persienne, il y a avait une tête brune, barbue et moustachue, éclairée par de grands yeux noirs, qui semblait attendre avec anxiété le départ du baron.

Et, lorsque celui-ci eut dit au cocher, assez haut pour que toute la rue l'entendît : *Gare du Nord,* la persienne se referma.

Une heure après, Giacomo Peppe des marquis de San Firmiani était aux pieds de Léocadie la rousse.

— Mon âme, ma vie, murmurait-il avec l'accent enthousiaste et les regards passionnés des natures méridionales, venez avec moi... J'ai un palais à Sorrente... Nous ferons la sieste dans des hamacs d'amianthe, nous nous promènerons la nuit sur ce lac bleu qu'on appelle le golfe de Naples.

Léocadie pleurait à chaudes larmes.

— Mais, disait-elle, ce pauvre homme en mourra.

— Préférez-vous que je meure moi-même ?

— Et puis il nous rejoindra tôt ou tard... et il

vous tuera, dit-elle encore avec un accent déchirant.

Il eut un fier sourire et répondit :

— On ne tue pas un Peppe des marquis de San Firmiani comme un gandin de Paris. Partons !

— Comment ! dit-elle, vous voulez m'emmener cette nuit ?

— Oui, j'ai retenu un wagon pour nous seuls, et on nous fait un train spécial à la gare de Lyon.

Et il ajouta simplement :

— Quand on a un demi-million de revenu, on peut bien voyager à sa guise.

— Ah ! dit-elle, mais laissez-moi au moins prendre mes diamants et quelques hardes

— Je ne veux pas de vos diamants. C'est vous seule que je veux.

Et il la serra dans ses bras.

En ce moment, la porte s'ouvrit avec fracas, et M. le baron Conrad de Wilmhaüsen apparut sur le seuil, un pistolet de chaque main.

— Vous allez mourir tous les deux ! dit-il.

Léocadie tomba à genoux en demandant grâce ; le marquis de San Firmiani se plaça bravement devant elle.

— Monsieur, dit-il au baron, tuez-moi, mais respectez la vie de cette femme.

— Cette femme m'a trahie ; elle mourra ! s'écria le baron.

— Alors, tuez-moi d'abord.

Le baron fit un pas et leva son pistolet.

— Monsieur, cria le marquis Giacomo Peppe, un mot, un seul.

— Parlez, dit le baron menaçant à force de calme.

— Voulez-vous transiger ?

— Je ne transige jamais avec mon honneur ! répondit le baron furieux.

— Si vous me laissez partir d'ici, reprit l'Italien, si vous pardonnez à madame, je vous signe une traite de deux cent mille francs sur mes banquiers, les frères Marotti, de Naples.

— Vous m'insultez ! s'écria le baron.

— Non, dit froidement l'Italien, je rachète ma vie.

— Grâce ! grâce pour lui ! disait Léocadie en se tordant les mains.

Le baron roulait des yeux furibonds, mais il paraissait hésiter.

— Monsieur, dit-il enfin, je vois que cette créature indigne, que j'avais comblée de bienfaits, vous aime et ne m'aime plus. Emmenez-la donc, si bon vous semble, mais il est juste que vous assuriez son avenir, car moi je la chasse pour toujours de mon cœur et de ma maison. J'accepte pour elle les deux cent mille francs que vous m'offrez.

Jusque-là, le drame avait fort bien marché, et il n'y avait pas eu d'accrocs, comme disent les auteurs ; mais, en ce moment, la situation tourna sur elle-même et au grand scandale de Léocadie, à la profonde stupéfaction du baron, le marquis Giacomo Peppe de san Firmiani poussa un éclat de rire homérique :

— Vous êtes un joli farceur ! baron, dit-il. Et aussi vrai que je me nomme Paul Gondat, que je suis parisien de naissance et peintre de profession, retour de Rome, où je me suis fait une tête et où j'ai appris l'italien, je vous jure que vous m'eussiez enfoncé, si j'avais été un vrai prince.

Les cheveux blancs du baron se hérissaient et Léocadie avait cru devoir s'évanouir.

Le joyeux artiste posa sa main sur l'épaule du vieux routier :

— Il n'y a de vrai dans toutes vos histoires de Croquemitaine qu'une chose, papa, dit-il, c'est que vous êtes un vrai baron et que vous vous battez à l'occasion, quand il n'y a pas grand danger. Mais ne me parlez pas de vos prodigalités pour cette enfant de quarante ans. Vous avez toujours eu chez elle la niche et la pâtée, et tout cela gratuitement.

Comme on parlait de vos millions, de votre jalousie et de votre bonne lame de Tolède dans mon atelier, il y a huit jours, j'ai voulu en tâter. Merci, je suis content ; mais comme au fond je suis bon diable, je n'en parlerai pas et vous pourrez continuer votre petit commerce.

Puis il ouvrit un portefeuille, et y prit un chiffon qu'il posa sur le marbre de la cheminée :

— Je n'ai jamais floué les femmes, moi, dit-il. J'adorais Léocadie depuis huit jours. Voilà un billet de cinq. Cela met la combinaison à deux mille francs par mois. Convenez que pour un artiste je suis assez chic !

Et il s'en alla, sans que le baron anéanti songeât à lui barrer le passage et à se servir de ses fameux pistolets.

Alors Léocadie revint de son évanouissement.

— Eh bien ! mon vieux, dit-elle, qu'en pensez-vous ?

— Nous sommes perdus ! balbutia le vieillard d'un accent navré.

— Toi, oui, parce que tu iras crever à Clichy, car tu endossais mes lettres de change comme un baron de paille que tu étais.

Mais moi je me repêcherai, sois tranquille, et j'ai idée que ce soir, chez Aspasie, je trouverai de la besogne.

. . . .

IV

« Les premiers vents froids et les premières nuées d'automne nous ont surpris au bord de la mer, nous qui n'avons eu encore que du ciel bleu sur notre tête et de l'azur dans notre amour. Bien que mon congé soit expiré, le théâtre des Variétés n'a pas encore besoin de moi, et Gérard me dit chaque matin :

« — Qu'irions-nous faire à Paris ?

« Je suis un peu de son avis et nous restons.

« Nous avons une maisonnette au pied de la fa laise, et comme les baigneurs deviennent rares, nous sommes seuls et nous nous adorons sans entr'acte. Si tu savais quel bébé naïf est ce pourfendeur qu'on nomme Gérard.

« Il vous invente, dans ses *machines*, des gens armés jusqu'aux dents, il sème l'horreur et l'adultère par les imprimeries et les journaux, et je lui ai passé au cou un joli ruban bleu avec lequel je le conduis comme un mouton.

« Il est doux à faire rêver une mauvaise nature, il est bon comme un niais, il est franc comme un sauvage.

« Et jaloux, que c'est à me rendre folle de joie ! Figure-toi que le mois dernier il y avait ici un ménage parisien formé d'un peintre en décors et d'une cocote, réunis par les soins de M. le maire.

« Ces bonnes gens m'ont un peu *entamée* sur la plage.

« Gérard a failli tuer le monsieur.

« Tout le monde est parti, — nous sommes seuls avec les pêcheurs.

« Chaque matin nous allons à la mer, comme on dit.

« C'est-à-dire que nous prenons un bateau con-

duit par trois marins et que nous allons au large
relever des lignes de fond et des tambours à lan-
goustes.

« On m'a envoyé un rôle que j'étudie. La pièce
passera, dit-on, vers Noël. J'ai le temps.

« Gérard fait un drame. Avec mon instinct de
la scène, je taille et je rogne dans le scénario. Cela
pourrait être mieux, mais ce n'est pas mal.

« Nous ne retournerons pas à Paris avant le commencement de novembre, et comme le bonheur
ne se raconte pas, je te ferai grâce du mien. Je
viens simplement te charger d'une mission délicate.

« Tu te souviens de la visite que tu me forças
à faire au prince Karinoff, grièvement blessé par
Toto, et qui, disait-on, ne devait point passer la
nuit. Il en est revenu cependant, et je sais qu'il se
porte à merveille. Les coups d'épée à travers corps,
à ce qu'il paraît, sont un brevet de longue vie. Or,
ma chère belle, le prince n'étant pas mort, la promesse que je lui fis le jour où il croyait quitter la
terre des vivants n'a plus d'objet.

« Ce cher prince me remit une lettre fermée de
trois cachets de cire noire à ses armes.

« Ce moscovite a une devise italienne : *Sempre.*

Cela voulait dire, sans doute, que mort ou vivant il m'aimerait toujours.

« J'ai promis au mort d'ouvrir la lettre, mais je la renvoie intacte au vivant.

« Veux-tu te charger de la lui remettre?

« Adieu, ma bonne amie. Gérard me prie de te dire qu'il t'aime bien, et moi je prends tes pattes blanches dans les miennes.

« Nous nous reverrons cet hiver. »

« JULIETTE. »

V

LA CONSPIRATION DE LÉOCADIE

Cette lettre arriva par la poste à Aspasie, le jour même où elle donnait un thé.

Si on ne danse plus, dans le monde galant, passé la fin de mai, on reprend ses petits mercredis ou ses lundis dès le commencement de septembre.

Aspasie avait battu le rappel.

Malheureusement l'ouverture de la chasse avait enlevé à ces dames leurs amants les plus sérieux, et on devait être ce soir là entre femmes.

Lorsque Léocadie la rousse fit son entrée, vers onze heures, dans le salon d'Aspasie, un peintre et deux architectes, — car les architectes se glissent partout maintenant, — représentaient à eux trois ce sexe fort que renia Hercule aux pieds de la reine Omphale.

Rien du Jockey, rien de la Bourse ; pas même un fabricant d'indigo.

Ces messieurs étaient à la chasse.

Léocadie toisa cela d'un coup d'œil.

— Ma chère, dit-elle tout bas à Aspasie, tu es donc brouillée avec les hommes ?

— Ma petite, répondit Aspasie, nous sommes en vacances, ces dames et moi, et au lieu d'amuser ces messieurs, nous allons nous amuser pour notre compte.

— Comment ! fit un des architectes, nous ne sommes donc pas des hommes, nous.

— Non, répondit Aspasie, au point de vue de madame, du moins.

Et elle ajouta à mi-voix :

— Et le baron ?

— Je l'ai mis à la porte.

— Quand ?

— Tout à l'heure. La pièce ne marchait plus, on

voyait trop les ficelles, et les collaborateurs refu-
saient de signer.

— C'est-à-dire, fit tout bas Aspasie, que la saisie
est maintenue?

— Plus que jamais.

— Comment vas-tu faire?

— Je partirai demain. J'irai à Londres. Mais, dit
Léocadie, vraiment c'est là tout ton monde, ce soir?

— Oui; c'est-à-dire j'attends encore un convive,
mais le cœur de celui-là, ma petite, est cadenassé,
verrouillé, muré, soudé au soufre et au ciment
romain.

— Il est pris?

— Par une femme qui ne l'aime pas. Vois plutôt.
Et Aspasie tendit à Léocadie la lettre de Juliette.
Léocadie la lut attentivement.

— Comment! dit-elle, c'est le prince Karinoff
que tu attends?

— Oui.

— Tu es son amie?

— Je l'aime beaucoup.

— Et il est fou de Juliette?

— Il en mourra.

— Et tu ne peux pas lui aplanir un peu les difficultés?

— Ma foi! non. Juliette est mon amie; c'est une charmante femme, elle est heureuse comme ça.....

Léocadie eut un sourire de dédain :

— Tu as beau être devenue Aspasie, dit-elle, tu ne seras jamais qu'une *carotteuse*.

Aspasie haussa les épaules et ne répondit pas.

On annonça le prince.

Le prince Karinoff était un homme de trente-quatre ou cinq ans, de taille ordinaire, brun comme un Italien et blanc comme un Anglais. Son profil grec, ses hautes façons dénonçaient le Russe issu des anciennes races caucasiennes, les plus belles de toutes. Sa pâleur hautaine, son œil bleu qui avait parfois un sauvage rayonnement, ses dents blanches et pointues comme celles des carnassiers, donnaient à sa physionomie quelque chose d'étrange, qui semblait être la nuance extrême qui sépare la barbarie de la civilisation.

Aspasie lui prit la main et l'entraîna dans une embrasure de croisée :

— Mon ami, lui dit-elle, vous aviez donné une lettre à Juliette. La voilà.

Le prince était devenu livide à ce nom.

— Comment! dit-il, elle ne l'a pas ouverte?

— Non.

Il garda un silence farouche pendant quelques minutes; puis il vint s'accouder sur un guéridon et mit sa tête dans ses deux mains.

— Pour être aimée ainsi, murmura Léocadie, je crois que nous ferions des crimes.

— Tu en as fait pour bien moins que ça, lui répondit une petite camarade avec son meilleur sourire.

Tout à coup le prince releva la tête et montra cette lettre qu'Aspasie venait de lui donner.

— Elle ne l'a pas ouverte! dit-il.

Il eut un sourire qui répandit autour de lui ce que, au théâtre, on nomme un *froid*.

— Savez-vous ce qu'elle contenait? dit-il.

— Je m'en doute, fit Aspasie.

— Non, répondit le prince. C'est impossible. Mais je vais vous le dire. J'ai une immense fortune, mais cette fortune est en terres russes, et je ne puis l'aliéner. Depuis cinq ou six ans j'ai pris sur mes revenus pour me constituer une fortune française, en cas de guerre, afin de ne pas attendre de l'argent de Russie; et je possède à Paris douze ou quinze cent mille francs d'immeubles.

— Un joli denier, dit un des trois hommes. Avez-vous besoin d'un architecte?

— Je vous peindrai un plafond, dit le peintre.

Le prince continua :

— Cette lettre renfermait un testament, et ce testament mettait cette femme en possession de ma fortune française.

— Oh ! la grue ! dit une cocotte de bas étage que l'architecte avait amenée et qu'Aspasie regarda de travers.

— Eh bien ! moi, dit Léocadie, si vous voulez me donner cent mille francs, je vous promets la victoire.

— Non, dit le prince, c'est le cœur que je veux, et non le corps.

— On vous donnera l'un et l'autre.

Le prince eut un rire étrange ; l'homme civilisé fit, pour un moment, place au sauvage.

— Si vous faisiez cela, dit-il, ce n'est pas cent mille francs, c'est le triple que je vous donnerais.

— Tope ! dit Léocadie, le marché est conclu.

— Et... quand ?... demanda le prince dont la voix trembla tout à coup d'émotion et d'espérance.

— Je demande six mois, reprit Léocadie ; mais comme je ne vais plus travailler que pour vous, il faut que je vive en attendant.

— Je vous ferai vingt mille francs par mois, dit le prince.

— Mon Karinoff chéri, dit Aspasie, Léocadie vous ment comme un tartare. Elle est bien femme à vous livrer Juliette dans quelque infâme guet-apens ; mais quant à vous faire aimer d'elle, jamais !

Et en voilà la meilleure preuve.

Aspasie tendit au prince la lettre que Juliette lui avait écrite et où elle disait son bonheur.

Le prince la lut.

Pas un muscle de son visage ne tressaillit ; mais quand il eut fini, il promena autour de lui un de ces regards sauvages qu'il avait parfois, et il dit :

— Si cette femme ne me livre que le corps de Juliette, si elle commet une infamie pour arriver à son but et ne parvient pas à l'atteindre ; si, enfin, Juliette, tout en larmes, m'avoue le lendemain qu'elle ne m'aime pas, je vous jure que cette femme…

Et il montra du doigt Léocadie.

— Cette femme, acheva-t-il d'une voix rauque où perçait le Cosaque, sera châtiée d'une façon terrible.

— Bah ! dit un des architectes, que ferez-vous, prince ?

— Je la ferai bâtonner jusqu'à ce que son corps ne soit plus qu'une plaie et ses membres des débri pantelants, et je la donnerai à dévorer à quatre grands molosses qui me servent pour chasser l'ours.

— Ah! par saint Serge! patron de toutes les Russies, mon cher prince, dit le peintre, vous oubliez une chose.

— Laquelle?

— C'est que vous êtes en France où la peine du knout n'a jamais existé.

— Je l'emmènerai en Russie.

— Avec ça qu'elle vous y suivra.

— Je la ferai enlever, dit le prince. Un homme comme moi arrive toujours à son but...

— Vous avez raison, répondit Léocadie avec le plus grand calme... Et Juliette sera folle de vous.

Aspasie se pencha à l'oreille du peintre :

— J'ai peur... dit-elle.

— Peur pour qui ?

— Pour Juliette.

— Bah! répondit le peintre, cette femme est une *blagueuse*, et ce Russe un *cocodès*. Je connais Gérard et je connais Juliette.

Si on embête Gérard, il tuera le prince, dussé-je lui apprendre une botte qui a son charme.

Et quant à Juliette, elle n'a pas lâché lord Ewil qui est en passe de devenir gouverneur de la compagnie des Indes, pour adorer ce sauvage qui va à la chasse à l'ours.

— C'est égal, j'ai envie de lui écrire, dit encore Aspasie.

— Comme tu voudras, mais c'est bien inutile.

. . . .

Cette nuit-là, Aspasie eut le cauchemar, le prince rêva que sainte Anne de Russie le fiançait à Juliette...

Et comme il se tournait et se retournait, furibond et désolé sur le lit de son hôtel garni, à deux heures du matin, l'aimable baron Conrad de Wilmhaüsen, major prussien retraité, entendit frapper à sa porte.

Il ouvrit et tomba à genoux en voyant entrer Léocadie.

— Vieux poisson de mer, lui dit le femme rousse, je vous pardonne... et je vous reprends dans mon jeu... Mais je te jure que si tu ne marches pas droit, je te chasse comme un laquais et te laisse mourir à l'hôpital.

— Qui faut-il tuer? demanda le baron.

VI

LE RÉVEIL

Ils étaient à cheval tous deux et galopaient à la
lèvre des falaises, sur cette mélancolique plage
normande qui a le don de faire rêver du passé.

C'était le matin ; un matin de la mi-septembre,
avec un soleil à l'horizon, dans une brume grisâtre
et la mer moutonneuse au lointain.

L'air était vif, presque froid ; la campagne déserte.

En mer, quelques barques à voile échancrée
dansaient sur la lame couronnée d'écume.

Les cormorans rasaient les falaises, les mouettes jetaient dans l'espace leur cri plaintif et attristé.

Juliette s'arrêta.

Elle montait un joli cheval normand, — une manière de double poney noir, avec une étoile au front, et ses quatre pieds trempés dans le plâtre.

Si la mer, à sa gauche, parlait de l'infini, une ferme entourée d'arbres, ceinte d'une prairie encore verte, plantée de pommiers et dans laquelle erraient paresseuses des vaches tachées de blanc et de roux, la rappelait au sentiment de la vie réelle.

— Veux-tu que nous achetions cette ferme? dit-elle à Gérard.

Gérard rangea son cheval à côté de celui de Juliette et se prit à contempler la ferme normande avec son clos de pommiers, son rideau de saules et de charmes, et son toit de chaume.

Au seuil de la porte il y avait une femme encore jeune qui tenait un enfant joufflu sur ses genoux et lui faisait mille agaceries maternelles.

— Ah! soupira la comédienne, j'étais née pour être fermière. Dis, veux-tu?

— D'abord, cette ferme n'est probablement pas à vendre, répondit Gérard.

— Nous en trouverons une autre.

— Ensuite, quand nous aurons réuni le peu d'argent que nous avons, que ferons-nous ici?

— Mais, enfant, dit-elle, tu travailleras et tu iras à Paris tous les mois pour tes affaires.

— Et toi?

— Eh bien! moi je serai fermière. Je ne gagnerai plus rien au théâtre, mais je ne porterai plus de robes de soie, de dentelles et de cachemires, je n'aurai plus mille écus de loyer... et il y aura toute économie pour moi.

— Comment! fit Gérard, c'est donc sérieusement que tu parles?

— Mais oui...

— Pourquoi?

— J'ai peur de Paris.

Il tressaillit et la regarda.

— Veux-tu que je t'épouse, répéta-t-il.

— Non, si tu m'épousais, un jour viendrait où tu ne m'aimerais plus.

Elle se pencha un peu sur sa selle et Gérard en fit autant.

Ils se donnèrent un long baiser, et elle eut un frais éclat de rire :

— Nous sommes des enfants, dit-elle. Quand on

s'aime comme nous nous aimons, on est blindé et cuirassé à l'endroit du malheur.

Tu verras que notre vie sera un rêve et que nous nous éveillerons un matin, dans bien longtemps, toi les cheveux blancs et moi obligée de teindre les miens.

Ils déjeunèrent à la ferme.

La ferme n'était pas à vendre.

Après, ils descendirent au bord de la mer par un escalier taillé dans la falaise et ils demeurèrent longtemps assis sur le galet, l'œil perdu sur cette immensité de l'Océan qui, à cette heure, ressemblait pour eux à leur amour.

Il était nuit, quand ils revinrent chez eux.

— Madame, dit la grosse normande, qui leur servait de gouvernante, on a apporté un papier du télégraphe.

Gérard et Juliette se regardèrent avec inquiétude.

Depuis qu'ils étaient l'univers l'un pour l'autre, ils avaient fini par se persuader que l'univers les avait oubliés.

Et puis, à moins qu'on ne soit préfet, fonctionnaire ou commerçant, la vue d'une dépêche télégraphique cause toujours une indicible émotion.

Juliette ouvrit la dépêche et lut :

« Madame N... malade, impossible d'arrêter pièce qui fait argent, partir et prendre le rôle, jouer lundi.

« T..., directeur. »

— Oh la galère ! murmura Juliette avec dépit, esclave, il faut reprendre ta chaîne.

Et elle jeta autour d'elle un regard plein de larmes.

Il y avait cinq mois qu'elle vivait avec Gérard dans cette maisonnette devenue pour elle et pour lui un coin du ciel.

Gérard lui dit :

— Je travaillerai un peu plus. Si tu rompais ton engagement.

— Mais j'ai un dédit stipulé dans mon traité !

— De combien est-il ?

— Vingt mille francs.

— Je les payerai.

— Non, dit Juliette, ce serait une folie. Je ne le veux pas. Tu es presque mon mari, pourquoi te conduirais-tu en protecteur?

— Eh bien ! réponds que tu es malade,...

— Non, dit-elle encore. Je n'aime pas à mentir. Si je mens à mon directeur, j'en prendrai l'habitude et je finirai par te mentir à toi-même.

— Mon Dieu! dit Gérard, mais nous étions si bien ici...

— Écoute, reprit-elle, je connais madame N..., elle est malade tout à coup, sans crier gare! si elle a un petit voyage à faire ou un bal qu'elle ne veut pas manquer. Elle est avec un homme de la Bourse, une manière de juif qui a laissé son père mourir de misère et qui n'a pas de cœur; mais une vanité féroce, dont madame N... se sert à chaque instant.

Il paye pour elle des dédits, des amendes à former les appointements de toute une troupe, et cela pourvu qu'on le sache.

Or, sais-tu ce qu'aura pensé notre bonne camarade? Juliette est en congé, on ne sait pas où elle est, on donnera mon rôle à quelque petite fille qui le jouera comme elle jouerait une *panne*. Mais si j'arrive et prends le rôle, comme je le jouerai mieux qu'elle, sois-en certain, acheva simplement Juliette, il n'y aura pas de maladie qui tienne! elle le réclamera à cor et à cris.

— Mais où veux-tu en venir? demanda Gérard.

— A ceci : tu es en train de travailler, reste; si

ce que je crois arrive, je serai de retour dans huit jours.

— Ah! tu es folle, dit Gérard, comment veux-tu que je passe huit jours sans toi?

— Alors viens, dit Juliette, nous partirons demain soir.

Ils passèrent une soirée triste, et bien avant le soleil, le lendemain, Juliette se mit à étudier le rôle de madame N...

On lui avait envoyé la brochure avec une dédicace des auteurs.

Le courrier du matin apporta une lettre.

Cette lettre était d'Aspasie.

« Ma chérie, disait l'ancienne actrice, il s'est tramé contre toi une petite conspiration. Ton théâtre te rappelle, reviens, mais tu peux laisser tes amours au bord de la mer, car ta présence suffira pour faire lâcher prise à tes ennemis, et tu pourras repartir vingt-quatre heures après.

« A toi,

« Aspasie. »

Juliette tendit la lettre à Gérard.

— Voyons, mon chien aimé, lui dit-elle, ne fais

8.

pas l'enfant, laisse-moi partir, je reviendrai mardi matin, tu iras me chercher à la station, au train de cinq heures.

Gérard se défendit longtemps contre ce projet de séparation, mais la raison de Juliette l'emporta.

Elle partit seule par le train de quatre heures du soir.

A minuit elle était à Paris.

Aspasie enveloppée dans un grand burnous brun, le visage couvert d'un voile masque l'attendait à la porte de la rue d'Amsterdam.

— Viens vite! lui dit-elle, monte dans ce fiacre et tâchons que personne ne nous voie!

— Mais que se passe-t-il donc? demanda Juliette étonnée.

— Je vais te le dire en deux mots.

— Voyons?

— Le prince Karinoff est plus amoureux de toi que jamais.

— Qu'est-ce que cela me fait? dit Juliette.

— Sais-tu ce que contenait la lettre que tu lui as renvoyée?

— Je m'en doute, un testament en ma faveur.

— Niaise, tu n'en veux donc pas?

— A aucun prix, j'aime Gérard.

— Et si jamais tu te repens de n'avoir pas accepté les hommages du prince, tu ne m'en voudras pas?

— En aucune manière.

— Alors, ma chère, voici ce qui se passe. Deux ou trois personnes charitables, de bonnes petites camarades à nous, se sont liguées.

— Dans quel but?

— Dans le but de te faire revenir à Paris d'abord.

— Bon!

— Ensuite, de te faire rompre avec Gérard.

— Après?

— Et de te jeter dans les bras du prince.

— Et quelles sont-elles, ces petites camarades?

— Ah! dit Aspasie, je les trahis par amitié pour toi, mais permets-moi de ne pas te dire leurs noms.

— Soit, dit Juliette, — mais il est probable que madame N... en est.

— Justement, seulement elle ne sait pas quel est le but vers lequel on marche.

— Ah!

— Son homme de la bourse à sauté le mois dernier, il est en fuite.

— Et elle est seule?

— Avec son désespoir et des dettes. On lui a offert vingt mille francs pour quitter son rôle.

— C'est très-bien, dit Juliette, je te remercie.

Elle arrivait à sa porte.

— Tu ne montes pas? dit-elle à Aspasie.

— Non, répondit cette dernière, je ne veux pas qu'on sache que je t'ai prévenue.

— Je te remercie, repondit la comédienne, je ferai mon profit de tes avertissements.

. . . .

Le lendemain matin, Juliette alla trouver son directeur.

— Ah ça, lui dit-elle, pourquoi me dérangez-vous comme ça? Est-ce que je suis engagée pour doubler madame N...

— Mon enfant, lui répondit T..., tu es notre providence, la pièce fait trois mille francs de recettes tous les soirs; si tu ne joues pas, nous sommes perdus.

— Mais madame N... est donc malade?

— Oui.

— Sérieusement?

— Elle a produit tous les certificats du monde, et demande même un congé.

— C'est bien, dit Juliette, je prendrai le rôle, mais à une condition.

— Laquelle?

— C'est qu'on ne me le retirera plus.

— Mais si madame N... se rétablit?

— Tant pis! je le garde...

— Cependant...

— Mon cher, dit froidement Juliette, madame N... malgré son talent est bien plus une cocotte qu'une comédienne, et comme elle a derrière elle des gens qui payent ses dédits, elle vous fait marcher.

Mais je suis une artiste, moi, et si je reprends mon métier je le ferai consciencieusement.

— Mais enfin, dit T..., que veux-tu que je fasse?

— Je veux que madame N... vous écrive qu'elle renonce à reprendre son rôle, même en cas de rétablissement.

— Et tu joueras?

— Ce soir. Je sais le rôle.

— Comment! tu ne répéteras pas?

— Non, c'est inutile.

Et Juliette rentra chez elle et écrivit à Gérard:

« Mon ami,

« Reviens, j'ai besoin de toi.

« Ta femme,

« Juliette. »

Puis, cette lettre fermée, elle reprit la plume.

« Mon cher prince,

« Je joue ce soir, venez me prendre à minuit, non pas au théâtre, mais dans la rue Vivienne.

« Votre dévouée,

« Juliette. »

— Ah! dit-elle en donnant cette lettre à un commissionnaire de coin de rue, nous allons bien voir qui se permet à Paris de disposer de mon cœur et de ma personne.

. . . .

Le soir, Juliette joua.

La salle était comble.

Les premières loges étaient garnies de toutes ses bonnes amies d'autrefois, en compagnie de tous les gandins qu'on voit à Madrid, chaque jour, entre quatre et six heures.

Juliette songeait à Gérard :

— Va! mon chéri, murmura-t-elle, comme si ses paroles eussent pu traverser l'espace et arriver jusqu'à lui, ils auront beau faire, je t'aime et n'aime que toi.

Juliette ne s'était point vantée en disant qu'elle jouerait le rôle beaucoup mieux que madame N...

Elle fut applaudie, rappelée, couverte de fleurs.

Mais ce triomphe de son talent et cet enthousiasme qu'on lui témoignait l'effrayèrent.

Elle comprit que la conspiration dont Aspasie lui avait parlé était non-seulement réelle, mais que, encore, elle était ourdie par cette fine fleur de gandins et de cocottes qui ont en horreur tout ce qui leur est moralement supérieur.

Quand elle fut rentrée dans la coulisse, deux grosses larmes lui vinrent aux yeux.

L'un des auteurs, le bon et spirituel S... qui était son ami d'enfance, vint à elle et lui dit :

— Tu as été sublime! ma fille.

— Mon cher ami, lui dit-elle, ils veulent me faire payer cher mon triomphe.

— Que chantes-tu là ?

Elle lui prit fiévreusement la main et l'attira jusqu'à l'un des trous du rideau.

— Regarde la salle, dit-elle.

— Elle est superbe !

— Oui, ils y sont tous et toutes. Sais-tu pourquoi ils sont venus? Va, ce n'est pas pour mon talent dont les uns se fichent, et que jalousent les autres, — ce n'est pas non plus pour ta pièce qui est charmante.

— Pourquoi veux-tu donc que ce soit? demanda S... étonné.

— Pourquoi? je vais te le dire : Je suis avec Gérard depuis six mois, je l'aime et il m'aime.

— Eh bien, qu'est-ce que ça leur fait?

— Si Gérard était un bohême et que je flanquasse la misère avec lui, les petites cocottes seraient ravies, les grandes ne me salueraient plus, les cocodès grands et petits auraient l'espoir que j'aurais tôt ou tard besoin de dix louis.

Mais Gérard gagne de l'argent, Gérard à un cheval de selle, Gérard n'a pas besoin d'entamer un oncle ou de jouer à la bourse pour me donner un bracelet. Il peut avec son travail me faire une maison charmante et ils enragent, comprends-tu?

— Oui, dit S..., mais qu'est-ce que ça te fait?

— A moi, rien, mais ils veulent perdre Gérard, et si je ne prends pas les devants, ils y arriveront peut-être...

La salle criait et trépignait, car il y avait un dernier acte :

— Juliette ! Juliette !

— Heureusement, dit-elle, que je sors de scène avant la fin. Adieu… au revoir…

— Comment ! tu partiras avant la chute du rideau.

— Oui.

— Mais on te rappellera.

— On fera une annonce et l'on dira que je me suis tordue le pied.

— Mais c'est insensé !

— Soit, dit Juliette, mais attends-moi… j'ai besoin que tu me rendes un dernier service.

— Parle.

— Tu vas demander à mon habilleuse ce grand manteau couleur café au lait que je mets l'hiver pour aller souper. Tu le garderas sur ton bras et tu m'attendras dans la coulisse.

— Et puis ?

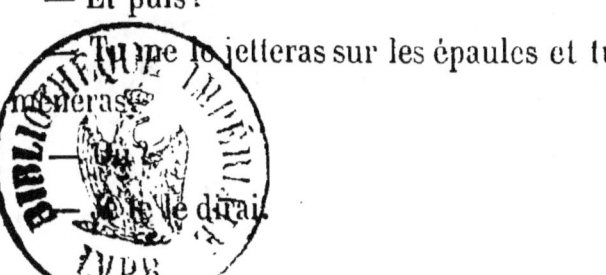

— Tu me le jetteras sur les épaules et tu m'emmèneras…

— Où ?

— Je te le dirai.

Le régisseur frappa les trois coups, le rideau se releva et Juliette entra en scène.

Au foyer, l'on disait :

— Quand N... saura cela, elle viendra réclamer son rôle. Est-elle applaudie, cette Juliette ?

— Et aimée, dit une figurante, le prince Karinoff en est fou !

— Soit, dit la petite C. B..., mais Juliette est une honnête fille. Si elle a un amant riche, tant mieux ! si elle l'a choisi pauvre, elle le garde.

— Ah ! dit un auteur qui se trouvait parmi ces dames, ce n'est pas une *plumeuse de pigeons ;* elle a quitté lord Elwil qu'elle n'aimait plus, et elle a refusé des rentes.

— Avec cette magnanimité, on meurt à l'hôpital, dit la figurante.

— A moins, dit finement l'auteur, qu'on n'épouse un homme de talent qui se moque du *qu'en dira-t-on,* et préfère une femme de cœur et d'esprit à une poupée du monde bourgeois, et qu'on ne meure pensionnaire de la Comédie française.

— Voilà ce qu'il faut se dire, fit Juliette qui parut en ce moment au seuil du foyer.

Elle sortait de scène et on la rappelait en vain.

Elle écrasa d'un regard la figurante qui ne s'était

mise au théâtre que pour *plaire aux hommes*, et prit le bras de S..., l'auteur de la pièce.

— Viens, lui dit-elle tout bas, fais-moi sortir par le passage et emmène-moi sur la place de la Bourse.

S... lui jeta le burnous sur les épaules ; elle s'encapuchonna et passa devant le concierge comme une *marcheuse* de l'Opéra qui se sauve au bras d'un machiniste et regagne son sixième à Montmartre ou à Batignolles.

Au coin de la place de la Bourse, elle dit à S...

— Merci, mon vieil ami, va-t'en.

— Comment, tu vas rester là?

— Oui.

— Il va venir te chercher?...

— Lui! dit-elle ; il est, à cette heure, dans notre maisonnette normande écoutant le bruit de la mer et les soupirs du vent qui se cotisent pour murmurer mon nom à ses oreilles, et il ne se doute pas que la moitié du Paris qui soupe et qui aime à beaux louis comptants se ligue pour lui enlever sa maîtresse.

— Ah ça! mais tu pleures! s'écria S... sur la main de qui Juliette laissa tomber une larme.

— Oui, de rage, dit-elle.

— Eh bien, reprit S... Je suis l'ami de Gérard et
je suis surtout le tien. Veux-tu venir chez moi? Je
te logerai, je te nourrirai, je te cacherai et je ne te
sortirai que le soir pour venir au théâtre d'où je
te reconduirai.

— J'accepterai peut-être, dit Juliette, mais pas
ce soir. Va-t'en.

S... s'en alla sans la questionner davantage.

Juliette attendit quelques minutes à peine.

Un coupé brun, attelé d'un seul cheval et qui
avait l'air d'une voiture de grande remise, débou-
cha par la rue de la Bourse et vint s'arrêter à
l'angle de la place et de la rue Vivienne.

Un homme baissa la glace.

C'était le prince.

— Ne descendez pas, lui dit Juliette qui l'avait
reconnu.

Et elle s'assit à côté de lui.

Le prince était pâle d'émotion et sa voix trem-
blait quand il demanda :

— Où allons-nous ?

—· Chez vous, dit-elle.

Le coupé partit et tourna sur le boulevard.

Juliette aperçut une longue file d'équipages sta-
tionnés devant le théâtre.

On n'en avait jamais tant vu à une *première*.

Juliette étendit la main et les montra au prince.

— Ces gens-là, dit-elle, seront donc bien heureux quand je serai votre maîtresse!...

— Taisez-vous, répondit-il d'une voix étranglée, vous me tueriez en parlant ainsi.

Elle s'enfonça dans son coin et ne prononça plus un mot.

Elle pleurait.

Le coupé, au bout d'un quart d'heure, passa sous une voûte, traversa une cour et s'arrêta devant un perron.

Le prince descendit pour donner la main à Juliette.

Alors elle regarda autour d'elle.

— Mais je ne me reconnais pas, dit-elle, vous ne demeurez donc plus rue d'Anjou?

— Nous sommes aux Champs-Élysées, avenue de lord Byron, dans un petit hôtel que j'ai acheté.

Aucune lumière ne brillait aux croisées.

— Nous sommes seuls ici, dit le prince.

— C'est-à-dire, fit-elle, que je viens de me mettre à votre merci?

— Je suis le plus respectueux de vos serviteurs, dit-il.

9.

Elle s'appuya sur son bras, et ils entrèrent.

L'hôtel où elle pénétrait avait coûté un million, et il y avait pour un million d'objets d'art.

Tout cela avait été improvisé en un mois.

Juliette ne vit rien, ne remarqua rien.

Mais le prince qui avait pris un flambeau pour l'éclairer, vit deux ruisseaux de larmes qui brillaient comme des perles le long de ses joues.

— Ah ! dit-il avec épouvante, pourquoi pleurez-vous ?

— Parce que j'aime ailleurs, répondit-elle.

Il se mit à genoux :

— Mais pourquoi donc venez-vous ici ? s'écria-t-il.

— Je viens, dit-elle, parce que je veux savoir...

Il pénétra dans une dernière pièce qui arracha un cri à Juliette...

Elle se crut chez elle, dans sa chambre à coucher de la rue Godot-de-Mauroy.

C'étaient les mêmes tentures, le même ameublement, et à côté de la cheminée, au-dessus du piano, elle aperçut son propre portrait, le même, on l'eût juré, que celui qu'elle avait chez elle.

— Madame, lui dit le prince, je suis un misérable par amour. J'ai corrompu votre concierge, j'ai fait copier vos meubles, vos bibelots, vos tentures, votre portrait.

— Prince, répondit Juliette, pour que vous ayez fait toutes ces folies, il faut qu'on vous ait étrangement trompé et sur vous et sur moi.

— Sur moi? fit-il étonné.

— Sur vous, car on a cru et vous l'avez cru peut-être, qu'il vous suffirait de vouloir... sur moi, car on s'est imaginé que vos millions m'éblouiraient.

— Madame..., balbutia le prince confus, — si vous ne m'aimez pas... vous pouvez le dire sans crainte.

— Moi! vous aimer? dit-elle, vous qui mettez la moitié de Paris dans le secret de votre amour.

— Je suis un lâche! dit-il.

Et il se remit à genoux.

— Monsieur, reprit Juliette, vous avez improvisé des merveilles à mon intention, il faut continuer.

Il la regarda d'un air hébété.

— Mais puisque vous ne m'aimez pas? dit-il.

— Non, mais j'ai besoin de vous estimer... et pour cela il faut que vous m'obéissiez.

— Voulez-vous que je mette le feu à cette maison?

— Non, dit-elle, je veux que vous y donniez une fête.

— Quand ?

— Demain.

Il fit un pas en arrière abasourdi qu'il était.

— J'en ferai les honneurs, dit-elle.

L'espoir le reprit et le mordit au cœur :

— O mon Dieu ! murmura-t-il, pourvu que je vive jusqu'à demain.

Juliette ajouta :

— Mais il me faut une invitation pour un de mes amis.

Le prince pâlit.

— Pour monsieur le baron de Helde, ajouta-t-elle.

Ce nom rassura le prince.

Elle continua :

— Maintenant, je veux avoir la liste de ceux qui se sont mis en tête que je serais votre maîtresse.

Le prince était sans défense. Il avoua tout.

— Et, dit-elle encore, quand il eut fini, vous me jurez que tant que je ne vous aimerai pas, vous ne serez pas le complice de ces gens-là.

— Je vous le jure, dit le prince.

Elle lui tendit la main :

— Vous êtes un galant homme, dit-elle, et vous méritez d'être aimé.

Puis elle sortit fière et libre de cette maison qui eût été la sienne, si elle eût fait un signe.

VII

LES OPINIONS DU BARON BENJAMIN

Ils étaient bien huit ou dix au café Anglais, cette nuit-là, dans un petit salon, à manger des écrevisses, à médire des artistes et des gens de lettres, et à prétendre que Juliette était la plus sotte créature du pays de l'amour, pour s'être toquée ainsi d'un écrivassier.

Parmi les femmes, il y avait une jolie poupée qui eût fait pâlir la palette d'un coloriste et qui se nommait *Colibri*.

Colibri qui, toute sa vie, avait rêvé l'amour d'un acteur sans y parvenir, s'écria en vidant son verre :

— Vous allez voir que Juliette sera partie avec son auteur avant la chute du rideau.

— Le fait est, dit un de ces messieurs, que nous avons eu beau la rappeler, elle n'est pas venue et nous en avons été pour nos bouquets.

— Faut-il que cette fille soit bête ! dit une vieille femme à la recherche, infructueuse jusque-là, de l'eau de Jouvence, pour ne point vouloir de ce petit Karinoff qui est beau comme un amour et riche à humilier le bon Dieu et ses étoiles d'or.

Le baron Benjamin prit la parole.

C'était un joli vieux de trente-neuf ans, maigre, chétif, pointu, couvert de parfums pénétrants, et pour cause, le menton enfoui dans le carcan d'un col démesuré, avec un gros diamant au doigt, plusieurs gros diamants à ses manchettes et trois diamants énormes à sa chemise.

Le baron Benjamin était de race israélite, fils de banquier, encore assez riche bien qu'il eût pas mal grignotté, et baron par la grâce d'un principicule allemand à qui monsieur son père avait prêté quelques milliers de thalers.

Il avait beaucoup vécu, beaucoup aimé au pays
Breda. Il avait eu longtemps la spécialité de *lancer*
les femmes inconnues ; mais ses succès au théâtre
s'étaient bornés à une ingénuité de la Gaîté et à deux
marcheuses de la Porte-Saint-Martin.

Donc, le baron Benjamin prit la parole :

— En vérité ! dit-il, au train dont vont les choses,
on ne sait plus où nous allons, nous autres gens du
monde ! Si les artistes, les journalistes, les auteurs
sortent de leur rôle, quel sera le nôtre ?

Ces messieurs veulent défrayer nos maîtresses,
quand nous avions la bonté de tolérer leurs
assiduités ! Ces messieurs montent à cheval, ces
messieurs vont au bois, ces messieurs vont aux
courses !

Mais alors, par la sambleu ! mes bons amis et
mes belles petites chattes, nous n'avons plus rien à
faire en ce monde !

— Tout s'en va ! dit une de ces dames ; les femmes
n'ont plus qu'un amant !

— C'est honteux, reprit le baron Benjamin. Si
les femmes deviennent fidèles, je me ferai moine.

— Tu aimais donc bien cela, dit un des soupeurs.

— Quoi donc ? fit le baron.

— Être trompé.

— Vous êtes des viveurs naïfs, dit le baron Benjamin.

— Ah! fit-on à la ronde.

— Et je vais m'expliquer, continua le baron. Prenons une femme au hasard, et plaçons-la entre deux amours : un homme sérieux et un artiste.

— Elle se moque de l'homme sérieux et elle aime l'artiste, peintre, auteur ou musicien.

— Mais quel est le plus heureux des deux.

— C'est celui qui est aimé, pardieu!

— Vous vous trompez, dit gravement le baron, c'est l'autre. Il entre et sort à toute heure, il frappe du pied en marchant, les domestiques l'appellent *monsieur*, et il a une clef de l'appartement. La femme pour lui est une esclave, un cheval à l'écurie, une chose à lui, enfin.

Une des femmes qui se trouvaient là et écoutaient cette cynique théorie, avait par hasard quelque sang dans les veines et elle dit au baron :

— Eh bien! c'est précisément pour n'être plus des *choses* à vous, que les femmes se résignent à avoir un peu moins d'argent, un peu moins de dentelles et à aimer des hommes qui les aiment et le leur prouvent en s'imposant des sacrifices.

— Peuh! dit le baron, elles sont rares, celles-là.

— Il y en a pourtant, témoin Juliette.

Comme ce nom revenait sur le tapis, la porte du petit salon s'ouvrit et livra passage à une femme qui entra comme une bombe et s'écria :

— Mes enfants, nous sommes tous volés!

— Que veut-elle dire? fit la poupée coloriée.

— Je veux dire que le prince Karinoff se moque de moi... et de vous!...

La femme qui parlait ainsi n'était autre que la rousse Léocadie.

Elle se laissa tomber sur un siége, essoufflée, suante, prête à avoir une crise de nerfs.

— Mais que se passe-t-il donc? s'écria-t-on avec curiosité.

— Le prince et Juliette s'entendent.

— Elle est forte, celle-là! fit la poupée.

— Et le prince me fera tort de ma commission, puisque je n'aurai rien fait, moi.

— Mais que nous chantes-tu là, ma fille? dit le baron Benjamin. On dit que Juliette a quitté le théâtre avec son petit auteur.

— Son auteur? Ah bien! oui... elle l'a lâché; et elle nous floue joliment.

— Mais comment?

— On nous aura trahis. Aspasie est femme à l'avoir prévenue.

— Tu crois?

— Alors, reprit Léocadie, Juliette, qui n'est pas bête, se sera dit : je n'ai pas besoin qu'on se mêle de mes affaires; le prince veut de moi, je vais le prendre tout de suite.

— Ceci est assez bien joué, dit un de ces messieurs; mais comment sais-tu tout cela?

Léocadie était si émue qu'elle eut besoin, pour se remettre, d'un grand verre de champagne qu'elle vida d'un trait.

— Vous savez... mon vieux baron? dit-elle.

— Oui, le jaloux qui donnait des coups d'épées, eh bien!

— Je l'avais mis à une autre besogne depuis huit jours.

— Ah! bah!

— Je l'avais placé chez le prince comme domestique. Il s'est fait une tête et on le prend pour un mougick.

— Drôle d'idée! que tu as eue là, ma fille. Mais quelle fonction remplit-il donc chez le prince?

— Il est mon espion. Or, savez-vous ce qui est arrivé?

— Non.

— Le prince a reçu dans la journée un billet de Juliette, qui lui donnait rendez-vous à minuit moins un quart, au bout du passage des Panoramas, dans la rue Vivienne.

— Et le prince est venu au rendez-vous?

— Comment donc! mon baron les a vus monter en voiture.

— Et où sont-ils allés?

— Avenue de Lord-Byron, pardi! et dire que c'est moi qui ai préparé tout cela.

— Ma chère, tu es flouée! dit la poupée.

— Chère, dit une autre femme qui crevait de jalousie, je connais Karinoff, c'est le plus loyal des hommes, il tient ce qu'il a promis.

— Bon! mais vous comptez sans Juliette.

— Ah! c'est juste!...

— Et Juliette n'est pas femme à laisser filer deux ou trois cent mille francs d'une maison où elle sera premier ministre.

— Mes petites chattes, dit le baron Benjamin d'un ton mielleux, si nous allions nous coucher? Le gantier d'en face ouvre sa boutique, les marauds se lèvent avec le soleil; mais les gens comme il faut doivent se mettre au lit avec l'aurore.

— Baron ! dit la poupée, me reconduisez-vous ?

— Si tu veux, mon enfant.

— Êtes-vous homme à m'aimer ?

Il la toisa d'un coup d'œil.

— Hé! hé ! dit-il, on pourrait faire quelque chose de toi. Tu es gentille, tu promets.

— Oui, dit-elle ingénument, mais je ne suis probablement pas votre affaire.

— Pourquoi?

— Parce que je suis encore trop jeune pour savoir mener deux intrigues haut la main et avoir cet amour mystérieux de rigueur, sans lequel, dites-vous, une femme n'a aucun attrait. Je ferais des *loups* et des *impairs* à chaque minute, et je serais capable de couronner l'œuvre en vous aimant ; ce qui serait du dernier ridicule, n'est-ce pas ?

Les convives du baron Benjamin partirent d'un éclat de rire, et on se leva de table.

Tout le monde s'en alla, excepté Léocadie qui se mit à souper et dit au garçon :

— J'ai rendez-vous ici avec un chasseur du prince Karinoff; quand il se présentera vous le ferez monter.

10.

VIII

LE SOUPER

Elle s'était assise au centre de la table, à la place d'honneur, comme on dit, ainsi qu'il convient à la maîtresse de la maison.

A la voir souriante et calme au sein de cette fête qui n'avait pas de précédent, peut-être, dans les fastes du monde galant, au milieu de ces splendeurs inouïes, dans cet hôtel plus riche qu'un palais des contes de fées, entourée des plus belles femmes de Paris et des hommes les plus considé-

rables par le nom, la fortune ou la naissance, les
déesses de l'amour vénal crevaient de rage, et
les hommes disaient avec une admiration mêlée
d'envie :

— Le prince Karinoff est le plus heureux mortel
de la création.

Son rire étincelait plus encore que le collier de
diamants que le prince lui avait mis au cou : un
collier de deux cent mille francs, qu'une grande duchesse allemande n'avait pu acheter, faute d'argent.

Pour ce souper gargantuesque, digne apothéose
d'un bal dont Juliette avait été la reine, *les Frères
Provençaux* avaient dévalisé leur cave et l'étalage
de Chevet, et les serres phénoménales, où l'ananas
mûrit loin du soleil de l'Orient.

Donc Juliette était au centre de la table.

Le prince était à sa droite.

A sa gauche, chose bizarre! une place demeurait vide.

Et comme le chambertin et le sillery coulaient
depuis deux heures à la lueur de six cents bougies,
dans ce palais digne des almées d'Égypte; comme
on avait porté la santé du prince, dont le faste
faisait pâlir le luxe bourgeois de notre époque;
comme chacun des convives avait laissé tomber

dans sa coupe de Clicot une parcelle de sa raison,
la belle Anglaise émancipée, miss Sarah-Mac-Gré-
gor, se leva et porta le toast suivant :

— Mesdames et messieurs, je bois à Juliette, la
maîtresse de la maison. Je bois à elle, parce qu'elle
est plus belle qu'aucune de nous, plus spirituelle
que nous toutes et qu'en présence de sa nouvelle
situation nos chevaux ne sont plus que des bidets
et nos perles fines de la verroterie.

Juliette remercia en ces termes :

— Je bois à vous, miss Sarah! parce que vous
êtes venue à nous, pauvres filles pécheresses, et nous
avez tendu la main comme à des égales.

Elle prononça ces derniers mots avec une légère
ironie et se rassit au bruit des applaudissements
des convives.

Le prince seul se taisait et son front était soucieux, au milieu de cette folle orgie.

Le baron Benjamin était un orateur de quelque
importance; au Beating, il avait plus d'une fois
traité des questions difficiles! Au cercle des Belte-
ves il avait émerveillé bon nombre de gentils-
mmes, par sa prodigieuse faconde.

Aussi le murmure approbateur qui avait suivi le

petit *speach* de Juliette fit-il place à un grand silence lorsqu'on vit le joli vieux se lever, sa coupe à la main, et demander la parole.

— Mesdames et messieurs, dit-il, aussi vrai que nous sommes ici entre gens de qualité et sans aucun alliage artistique et de mauvais goût, aussi vrai que Paris est la capitale du monde, par la raison toute simple que Paris a des femmes, quand l'univers en manque, je ne vous dissimulerai pas que je viens d'être en proie, pendant vingt-quatre heures, à la plus cruelle des anxiétés.

Un bruit s'était répandu dans Paris, qui a dû vibrer comme un glas funèbre dans le cœur de nous tous, qui disons un *louis* et non *vingt francs*, qui savons qu'un cheval attelé ne doit jamais prendre le galop, qui avons acquis chez Léon l'art de conduire en *tandem*, et nous respectons assez pour n'aimer que des femmes qui coûtent horriblement cher. Ce bruit, cette rumeur plutôt, menaçante et sourde, comme la voix lointaine de l'ouragan, consistait à nous prédire une défaite prochaine. On disait que les femmes de théâtre qui nous appartiennent, morbleu! allaient divorcer avec nous; qu'elles se rangeaient, comme disent les bourgeois; qu'elles allaient vivre avec des peintres, avec des

acteurs, avec de ces gens qui fabriquent des pièces
et des livres, sotte espèce qui n'a jamais su faire
un nœud de cravate, gent bohémienne qui ne fré-
quente ni la Marche, ni Chantilly, **ni** les salles
d'armes, ni le manége, qui ignore le tour du lac
et confond un briska avec un landau;

La plus *drôle*, la plus amusante, la plus étour-
dissante de nos femmes, avait, disait-on, contracté
une sorte de mariage morganatique avec un monsieur qui écrit des romans et se permet de raconter
notre noble vie, à nous autres parfaits gentlemen.

Et ce bruit avait pris, mesdames et messieurs,
une telle consistance que je me suis demandé si
nous ne serions pas obligés, nous autres gens du
monde, d'abandonner Paris pour le laisser à ces
gens-là.

Mais heureusement cette crainte n'était pas fon-
dée; cette rumeur était mensongère; et celle dont
je parle a compris en devenant la reine de cette
fête, que si une femme par curiosité pure, peut,
parfois, s'oublier dans un atelier de peintre ou
dans la mansarde d'un homme de lettres, ce n'est
qu'à la condition de conserver son *huit ressorts*, ses
dentelles et ses diamants.

Je bois donc à Juliette, mesdames et messieurs.

Et le baron s'assit aux applaudissements de quelques hommes et de toutes les femmes.

Juliette répondit avec calme :

— Quelqu'un demande-t-il la parole?

— Moi, dit une femme qui trouva de bon goût de monter sur sa chaise.

C'était une figurante d'un petit théâtre qui gagnait six cents francs par an et en dépensait un peu plus de cent mille, tant il est vrai, disaient ses bonnes petites camarades, que les hommes sont naïfs.

— Qu'il me soit permis, dit-elle, de répondre en peu de mots à ce que vient de dire l'honorable baron Benjamin, la vraie fleur des vrais gentilshommes.

Il est malheureusement vrai que l'une de nous, Juliette la belle, a pu, par une conduite irréfléchie, laisser courir sur notre compte des rumeurs fâcheuses : mais la catastrophe redoutée par ce cher baron ne serait jamais arrivée, soyez-en sûrs. Oui, il faut, hélas! en convenir, il arrive parfois, que dans un jour d'ennui nous nous laissons aller à quelque passion indigne de nous.

Mais l'exception n'est pas la règle et Dieu en
soit loué! les femmes qui se respectent sont toujours plus nombreuses que celles qui s'oublient.
Les *grelus*, comme nous appelons tous ces bons
hommes qui vont à pied et n'ont pas même un
bijoutier attitré, les grelus pénètrent bien par-ci
par-là dans nos boudoirs, mais le soir, en *tapinois*,
par l'escalier de service, et nous les fourrons sans
façon dans le cabinet aux robes.

Et puis ces tocades ne durent pas, mes bons
messieurs, soyez-en sûrs. On se lasse bien vite,
quand on est une femme *chic*, du bagout de mauvais ton de ces messieurs de la Bohème, de leurs
cravates à la Colin et de leurs bottes vernies au
pinceau. Leurs petits dîners pas méchants, avec du
bordeaux ordinaire et de l'eau de seltz, ne nous
feront jamais oublier les asperges du Café Anglais
et les truffes à la serviette de la Maison-d'Or.

Si nous avons écouté des acteurs, c'était par
genre, et des auteurs c'était uniquement pour
avoir des rôles dans lesquels, messeigneurs, vous
viendriez nous applaudir.

Mais là s'arrêtent nos complaisances; et Juliette vient de vous le prouver mieux que moi,

en rentrant d'une façon éclatante dans le vrai monde.

Trois salves d'applaudissements accueillirent ce discours.

— Juliette! vive Juliette! la parole est à Juliette, cria-t-on.

— Pas encore, répondit Juliette, je veux parler la dernière et je pense que chacun n'a pas fait sa petite profession de foi.

Il y avait à côté du prince Karinoff une femme de vingt-deux ans, fort belle et non platrée, qui avait écouté tristement la tirade de la figurante.

— Je ne sais pas, dit-elle, si vous avez tort ou raison ; mais je vais vous dire une histoire qui est la mienne, et dont vous tirerez telle moralité qui vous plaira.

— Va, ma fille, dit Juliette, on t'écoute.

La jeune femme parla ainsi :

— Il y a deux ans de cela, j'étais encore avec mon premier amant. C'était, mes bonnes dames et mes bons messieurs, un de ces êtres que M. le baron Benjamin et mademoiselle Palmyre ont si bien flétri tout à l'heure. C'était un artiste, un pauvre sculpteur.

Il avait bien du mal à vivre, et je vous jure que

11

nous avions déjà passé par la *misère carabinée*
comme on dit.

Mais il était si bon et si gentil, et il travaillait si
bien et avec tant de courage !

— Va, ma fille, me disait-il, je sais que j'ai du
talent et j'arriverai ; et tu seras heureuse, et nous
vivrons comme mari et femme, et je t'épouserai si
tu le veux.

Et moi, j'attendais, et je l'aimais bien, et je ne
rêvais pas un coupé trois-quarts, mais seulement
de m'entendre appeler *madame* et d'être, un jour
ou l'autre, une honnête femme pour de bon.

Un soir, je rencontrai une ancienne camarade
de l'atelier. Elle ne faisait plus de fleurs, elle
était lancée, elle avait un train et quatre amants.

Elle m'emmena chez elle et me présenta à un
tas d'hommes riches. Mais j'aimais Eugène et je ne
voulais pas le quitter.

Malheureusement je retournai chez mon ancienne camarade et chaque fois elle me disait : es-
tu bête ! tu crèves de faim avec ce garçon..., quand
le jeune monsieur que je t'ai présenté l'autre jour
ne demande qu'à te mettre dans tes meubles !

Mais je résistais toujours et j'aimais mon pauvre
sculpteur.

C'était aux approches de l'exposition ; il avait travaillé un an à une *Niobé*, et ses amis qui venaient voir son œuvre disaient que c'était très-beau.

Ce qui n'empêchait pas que nous n'avions pas le sou, et que le jour où l'exposition s'ouvrit, je portai mon unique bague au Mont-de-Piété.

Eugène était parti depuis le matin. Cette année-là on devait distribuer les récompenses aux artistes, à l'ouverture de l'exposition, au lieu d'attendre le dernier jour.

Mais le monde que j'avais vu chez Madeleine, c'était le nom de mon ancienne camarade, m'avait tant *blaguée* sur le plâtre de mon pauvre Eugène que je ne croyais plus qu'à une chose, à son amour pour moi, et je commençais, les mauvais conseils aidant, à me lasser de la misère.

Or, précisément ce jour-là Madeleine arriva et me dit :

— Viens chez moi, j'ai changé d'appartement, tu verras mon nouveau bazar. Elle m'emmena rue de Provence et je m'arrêtai éblouie au seuil d'un petit entresol qui maintenant me semblerait bien ordinaire, mais qui, alors, me parut être un palais. Il y avait bien pour six mille francs de palissandre.

— J'attends un de mes amis, me dit-elle, nous dînerons tous les trois.

L'ami qu'elle attendait était un garçon qui depuis trois mois me poursuivait et m'accablait de déclarations et de bouquets.

C'était un joli imbécile dont le père avait fait sa fortune dans les papiers peints et qui la mangeait gentiment en maquignonnant ses rosses au *Tatters'·hall*.

Il avait commandé un dîner fin et du vin à tourner la tête. On me grisa et quand dix heures sonnèrent, comme je voulais m'en aller, Madeleine me dit :

—Ah ça, tu ne vas pas faire la bête plus longtemps, n'est-ce pas? tu n'es pas ici chez moi, mais chez toi, et monsieur est ton seigneur et maître désormais.

. . . .

Le lendemain je m'éveillai en pleurant et balbutiant le nom d'Eugène; je repoussai l'homme à qui on m'avait vendue, et je me sauvai rue de Laval où Eugène avait son atelier.

Il n'était pas rentré. La concierge en me donnant la clef me dit d'un air fin et moqueur :

— Vous avez une rude chance, ma petite! la seule

fois où vous découchez, M. Eugène découche aussi.

— Mais où est-il donc? m'écriai-je, assaillie d'un funeste pressentiment.

— Il est au bal, me dit-elle ; il est venu hier soir, tout content et comme fou, et il a cru que vous étiez chez votre mère à Belleville. Je lui ai fait une reprise à son habit, car il allait, m'a-t-il dit, chez le ministre des beaux-arts.

Je n'écoutai pas le reste de l'histoire et je me sauvai à l'atelier qui était au sixième.

Dix minutes après, comme je pleurais toutes les larmes de mon corps, Eugène entra et je jetai un cri.

Il avait un ruban rouge à sa boutonnière et des billets de banque dans les mains...

Sa *Niobé* venait d'être achetée par le gouvernement et chez le ministre qui, la veille, l'avait invité à dîner, il avait trouvé la croix sous sa serviette !

Et comme je pleurais, il crut que c'était de joie, et il voulut me prendre dans ses bras.

Mais moi je le repoussai et je me mis à genoux en lui disant :

— Je suis une gueuse ! je t'ai trompé !...

Et je lui racontai tout ce que j'avais fait. Il y avait à côté de l'atelier une petite pièce qui nous servait de chambre à coucher et dont la fenêtre donnait sur la cour.

Eugène ne me dit pas un mot, il ne me fit pas un reproche, mais il passa dans cette chambre, et, tout à coup, j'entendis un grand bruit et un grand cri :

Le malheureux s'était jeté par la fenêtre et s'était tué sur le pavé de la cour.

L'histoire de la jeune femme fut accueillie par un morne silence et personne ne battit des mains.

Seule, Juliette prit la parole :

— Mesdames et messieurs, dit-elle, M. le baron Benjamin vous a exprimé son opinion sur les artistes, et mademoiselle, qui joue la comédie pour continuer son petit commerce, vous a nettement émis la sienne sur les femmes de théâtre. M. le baron Benjamin et madamoiselle Palmyre Fipot, qui se fait appeler de Lavenay, me permettront bien de leur répondre.

— Oui, oui, dit-on à la ronde. La parole est à Juliette, vive Juliette !

L'actrice regardant alors le baron, lui dit :

— Le prince Karinoff en voulant bien me charger de faire les honneurs de cette fête, m'avait laissé carte blanche pour les invitations et c'est pour cela, mon cher baron, que la société qui nous entoure, bien que dépourvue de cet alliage artistique dont vous avez horreur, est un peu mêlée, passez-moi le mot.

Parmi les femmes, il y a de vraies actrices, comme moi, et des figurantes comme mademoiselle.

Parmi les hommes, j'aperçois de vrais gentils-hommes qui s'honorent de l'amitié des artistes que vous méprisez, d'honorables gens de finance qui achètent des tableaux et des livres, et des *tripoteurs* qui ne sont ni financiers, ni gens du monde, ni gentilshommes.

Ceux-là, mon cher baron, ne se fussent jamais trouvés en compagnie de ceux que j'ai nommés tout d'abord, si les palefreniers, les jockeys et les filles entretenues ne servaient parfois de trait d'union momentané entre le vrai monde au nom duquel vous avez parlé tout à l'heure et le monde auquel vous appartenez réellement.

Vous méprisez les gens qui n'ont pas comme vous cent mille livres de rente péniblement amassées par votre père qui était un honnête israélite, et parce que le prince Karinoff qui est un grand seigneur vous admet à sa table et que vous êtes assis entre un fils de famille et un agent de change, vous

vous croyez le droit de me traiter comme vous trai-
teriez une fille, et de parler des gens de lettres ou
des artistes comme de votre bottier.

Mais, mon cher monsieur, je ne sais pas si M. de
Lamartine qui a été ministre, a couru dans les
steeple chases, et si M. Thiers qui a écrit plus de vo-
lumes que vous ne direz de mots spirituels dans
toute votre vie, savait atteler en *tandem;* mais ce
que je sais bien c'est que personne ici à l'exception
de sept ou huit gandins de votre espèce, ne partage
vos opinions et que parmi ces dames qui vous
applaudissaient tout à l'heure, il n'en est pas une
qui voulût vous prendre au sérieux.

Un éclat de rire approbateur accueillit ces paroles
de Juliette et le joli baron Benjamin avala coup sur
coup deux verres de champagne pour dissimuler
son dépit.

Juliette poursuivit :

— Je veux bien admettre que les artistes ne soient
ni riches comme vous, ni emprisonnés comme vous
dans un col démesuré et des habits ridicules ; mais
dans le siècle où nous vivons, leur talent est large-
ment rétribué, et ils retrouvent en considération
ce qui peut leur manquer en pièces de cent sous.

— Mais, s'écria une de ces dames, tu t'es

pourtant donné hier un fameux démenti, Juliette.

— Ah! vous croyez? fit-elle.

— Et le prince est là pour le dire, ajouta la figurante avec un accent d'ironie.

— Le prince va vous répondre, répondit Juliette.

Et, en effet, le prince Karinoff, triste et silencieux jusque-là, se leva à son tour :

— J'aime éperdûment madame, mais je l'aime à ma manière, comme un gentilhomme que je suis, dit-il. Dans un accès d'égarement, j'ai eu la faiblesse de laisser ourdir en ma faveur une conspiration dont je suis honteux à présent.

On a fait à madame une insulte publique.

Publique devait être la réparation.

Juliette ne peut m'aimer, et je m'incline devant la fatalité. Juliette n'est point ma maîtresse, et si vous êtes réunis ici, c'est qu'elle voulait que vous l'entendissiez de ma bouche.

Juliette lui tendit la main :

— Vous êtes un vrai prince, dit-elle.

En ce moment la porte de la salle à manger s'ouvrit et un laquais annonça :

— M. le baron de Helde.

A ce nom, inconnu pour tous, on se retourna étonné.

— C'est le convive que nous attendions, dit Juliette, et à qui j'ai gardé une place à côté de moi.

— Mais c'est S... le vaudevilliste ! s'écrièrent plusieurs femmes.

— Mes petites chattes, répondit le spirituel auteur, au théâtre je m'appelle S... mais, à la ville, j'ai des aïeux, moi pauvre hère, et pour entrer en si noble compagnie, j'ai repris ma baronnie.

Il paraît qu'on nous a pas mal *béchés* ici, passez-moi le mot d'argot, mais mon ami Gérard qui est en bas dans une voiture et attend Juliette, est homme à répondre à M. le baron Benjamin.

Le jeune vieux qui enrageait, le nez dans sa serviette, bondit à ce nom :

— Ah ! dit-il, je trouverai donc quelqu'un pour endosser les insolences de madame.

— Oui, mon cher, répondit Juliette.

Elle se leva alors et ôta de son cou ce collier que le prince lui avait donné quelques heures auparavant :

— Mon cher prince, dit-elle, vous faites royalement les choses et ce collier qui est le prix de mes peines de maîtresse de maison, en est la preuve ; mais en résignant mes fonctions, permettez-moi d'être génereuse en votre nom.

Elle s'approcha de la jeune femme pour qui le sculpteur était mort :

— Tu as une sœur, lui dit-elle, une sœur de seize ans plus belle qu'aucune de nous et qui tire l'aiguille depuis l'aube jusqu'à minuit pour rester sage. Un pauvre diable de compositeur l'aime et veut l'épouser.

Prends cela : c'est une dot que lui offre le prince Karinoff et que je te supplie d'accepter pour elle.

Et elle passa le collier au cou de la jeune femme étourdie.

— Mesdames et messieurs, dit-elle alors, permettez-moi de vous faire mes adieux, je suis maintenant une femme d'artiste, et si vous me rencontrez quelque jour au bois, dans un fiacre, ne me plaignez pas trop.

Gérard travaillera pour me donner un coupé tôt ou tard.

Le prince lui baisa la main comme à une reine, et elle sortit au bras de S... calme et souriante, fière de cette généreuse abdication.

IX

CE QUE LE VAUDEVILLISTE S... ENTENDAIT PAR UNE JOLIE PREMIÈRE

— Ah tu ne vas pas me le faire tuer, au moins! dit Juliette d'une voix émue à son ami S..., qui avait reçu le matin la visite des témoins de M. le baron Benjamin.

— Sois calme, ma fille, répondit S..., j'ai mené Gérard à une salle d'armes ce matin, il tire bien et il a un grand sang-froid.

— Mon Dieu! fit-elle avec des sanglots dans la voix, j'ai été sotte et cruelle, hier, et je donnerais

tout mon sang pour racheter mes imprudentes for-
fanteries.

Comme elle disait cela, Gérard qui fumait à la
fenêtre, se retourna.

— Vous êtes une folle, ma chère belle, dit-il,
je ne sais si je pourfendrai mon adversaire,
mais dût-il m'en coûter un bon coup d'épée, je
trouve que l'occasion est trop belle de montrer à
ces messieurs que nous les valons, pour la laisser
échapper.

— Ah! fit-elle encore, il me semble que cet
homme a le mauvais œil.

— Et moi donc! fit S... en souriant, sois tranquille, je le regarderai tout le temps.

Puis, avisant la pendule :

— Savez-vous qu'il est dix heures, mes enfants,
je vais vous souhaiter le bonsoir. Tu sais que nous
partons à sept heures du matin, ajouta-t-il en
s'adressant à Gérard.

— Je serai prêt.

S... embrassa Juliette au front, serra la main de
Gérard et s'en alla.

Juliette était si émue qu'elle alla s'accouder à
son tour à la fenêtre, afin que Gérard ne vît pas ses
larmes.

Gérard s'assit devant sa table de travail, prit une plume et se mit à écrire.

Juliette se retourna vivement :

— Que fais-tu? dit-elle.

— Je travaille, répondit Gérard.

Elle reprit sa place à la fenêtre et continua à pleurer silencieusement.

Gérard écrivait :

« Ma bonne mère,

« Il est probable que cette lettre ne vous parviendra jamais ; cependant, si elle vous arrivait, c'est que vous n'auriez plus qu'une fille, que je vous recommande et que vous aimerez comme vous m'aimiez... »

Juliette s'était approchée sans bruit et lisait par-dessus son épaule.

Elle jeta un cri et lui arracha la plume et le papier des mains.

— Tu es fou! dit-elle, ces choses-là portent malheur...

Et elle mit la lettre commencée en mille morceaux.

— Comme tu voudras, dit Gérard tranquillement, je connais ma mère, s'il m'arrivait malheur, tu serais sa fille.

Juliette était forte contre la douleur ; elle eut le courage de sourire et prenant dans ses mains la tête de son amant, elle la couvrit de baisers.

— Et maintenant, dit-elle, tu vas te coucher, mon ami, et bien dormir... il faut avoir le sang reposé, demain.

Gérard jeta un coup d'œil rapide sur leur petite chambre à coucher, toute capitonnée, et parfumée comme un nid de fauvettes dans la verdure.

— Il faut dormir, mon chéri, répéta Juliette.

— Et... toi ?... que vas-tu faire ? dit-il ému à son tour.

— Moi, dit Juliette, je veillerai, il faut bien que je t'éveille demain matin ; car tu dormiras : est-ce que tu n'es pas brave autant que bon ?

— Je l'étais davantage quand je ne t'aimais pas, dit-il.

Et il se mit au lit.

Elle s'était assise à son chevet, lui laissant prendre sa main.

Gérard s'endormit.

Les gens qui, à la veille d'un duel, sont gais et jouent l'insouciance, sont des fanfarons ; mais pour peu qu'on soit brave, on dort ; et Gérard dormit.

Alors Juliette dégagea doucement sa main, puis elle se mit à genoux, elle, la pécheresse qui avait depuis longtemps oublié Dieu, et elle pria.

Un pâle rayon de clarté, glissant à la prime aube au travers des rideaux, vint baigner la courtine du lit.

Gérard dormait toujours et Juliette priait encore, les yeux rougis mais secs.

Alors elle dégrafa son corset et prit à son cou un gros paquet de médailles et de reliques qui venaient de son père et de sa grand'mère et dont elle ne se séparait jamais, et elle le passa au cou de Gérard endormi.

La pendule sonna six heures.

Juliette qui depuis dix minutes contemplait Gérard les yeux pleins de larmes, se dressa comme si elle eût entendu retentir la terrible trompette qui doit faire, à la fin du monde, trembler les échos de Josaphat.

— O mon Dieu ! dit-elle en joignant les mains !

Ces trois mots et ce geste passionné furent sa

dernière prière ; elle se pencha sur Gérard et l'éveilla avec un baiser.

Gérard se leva sans crainte et sans forfanterie ; et Juliette fut son valet de chambre : elle lui passa une belle chemise de toile blanche et fine, et l'habilla comme une mère attife son bébé qu'elle va produire, à la promenade, aux regards émerveillés de la foule.

A sept heures moins un quart, S... arriva. Il était suivi de D... le peintre à l'esprit railleur qui fréquentait le boudoir d'Aspasie.

— Allons ! mes enfants, dit S..., vous avez quelques mauvaises minutes à passer ; mais vous serez si heureux ce soir que ce n'est pas la peine d'en parler.

Juliette ne pleurait plus, Juliette affectait un grand calme.

Au moment où sept heures sonnèrent, elle prit Gérard dans ses bras, lui mit un baiser sur les lèvres :

— Va, lui dit-elle, et pense à moi !

— C'est la meilleure des cuirasses, dit S... en souriant, bien qu'il fût ému quelque peu.

Juliette voulut accompagner Gérard jusqu'au fiacre.

12.

Elle l'embrassa une fois encore, mais sans faiblesse, et Gérard partit avec ses témoins.

Mais à peine le fiacre eut-il tourné le coin de la
rue qu'elle s'élança dans la direction opposée et
courut à perdre haleine jusqu'à la rue des Martyrs.

Là, il y avait un petit coupé de maître qui sta-
tionnait depuis un quart d'heure et dont la portière
s'ouvrit vivement devant Juliette.

Une femme était dans la voiture. C'était Aspasie.

— Viens, dit-elle, mon cheval est un rude trotteur, nous avons le temps d'aller à l'église des
Petits-Pères et d'arriver encore avant lui.

— Tu sais où ils se battent? demanda Juliette
qui ne retenait plus ses larmes et en avait le visage
inondé.

— Oui, je sais tout, viens, et ne crains rien. Le
petit Benjamin est un garçon flambé.

Le cocher qui avait reçu ses ordres par avance,
rendit la main à son cheval et arriva en quelques
minutes à la porte des Petits-Pères.

C'était l'église où Juliette avait été baptisée,
l'église où on avait porté son père mort, le jour des
funérailles.

Les deux pécheresses y entrèrent et Juliette alla

droit à l'autel de la Vierge où elle fit allumer un gros cierge.

Là elle se remit à genoux et pria de nouveau. Puis elles montèrent en voiture.

Comme elles arrivaient au bois, le cocher prit l'allée des Acacias.

— Pourvu qu'il ne me voie pas, dit Juliette.

Aspasie leva les volets du coupé ; de telle sorte que le cocher eût l'air de promener son cheval attelé à une voiture vide.

Le rendez-vous fixé par les témoins était dans un des massifs qui séparent la grande allée des Acacias de celle qui mène au Jardin d'acclimatation, un peu au-dessous et tout près de Madrid.

A deux cents mètres de distance, le cocher se jeta dans une allée couverte.

— Ma fille, dit alors Aspasie, qu'est-ce que tu as voulu? être tout près, car tu as cette bonne espérance que ta présence secrète portera bonheur à Gérard. Eh bien! n'allons pas plus loin et ne te tourmente pas : est-ce qu'un homme assez heureux pour être aimé de toi court le moindre danger !

Et le cocher, sentant la pression du cordon de soie qu'il avait au bras, s'arrêta.

.   .   .   .   ,   .   .   .

Gérard et ses témoins étaient arrivés les premiers; mais M. le baron Benjamin ne se fit pas attendre longtemps.

Il arriva dans un grand breack attelé de quatre chevaux qu'il conduisait lui-même, en fumotant un gros cigare, ce qui fit faire à S... cette réflexion :

— Je croyais que nous nous battions avec un homme bien élevé, mais il paraît que c'est avec un maquignon.

Les témoins de M. le baron Benjamin étaient deux jolis messieurs fort connus pour le tapage qu'ils avaient coutume de faire aux premières représentations.

— Ah! murmura S... à l'oreille du peintre, j'ai tout le désir possible de conserver Gérard intact à ce bébé de Juliette, mais je ne m'en irai pas content s'il ne couche tout de son long ce monsieur qui *bêche* la littérature.

On ne *flâna* pas, qu'on nous passe le mot.

Les deux adversaires mirent bas leur habit, on tira les épées au sort et Gérard, trois minutes après, tombait en garde.

Le baron tirait fort bien; mais il avait une sorte de pâleur nerveuse qui sembla d'un bon augure à S...

— Il préférerait être à la salle d'armes, en présence d'un bon fleuret bien moucheté, pensa-t-il.

Cependant il se battit très-bien et, à la troisième passe, S... pâlit à son tour.

Gérard avait une grosse tache de sang sur sa chemise. L'épée du baron lui avait éraflé l'épaule.

— Messieurs! cria le baron, je crois que monsieur est touché.

— Eh bien! à votre tour, dit Gérard. Nous ne sommes pas venus ici dans le seul but de gagner de l'appétit, et de plumer des canards ensuite.

Et comme il achevait, M. le baron Benjamin tomba frappé d'un coup d'épée en pleine poitrine.

— Allons! viens, dit S... en prenant Gérard par le bras et saluant les témoins du baron, quand je te le disais, que Juliette se désolait à tort. C'est une jolie petite *première* que nous venons d'avoir là.

— Mais il est blessé? dit le peintre.

Et il déchira la manche de Gérard.

— Bah! dit S... c'est un *accroc* insignifiant. La pièce a bien marché tout de même. Il en sera quitte pour ne pas faire de feuilletons pendant un mois et tout le monde y gagnera, surtout ses lecteurs.

Comme S... faisait cette plaisanterie d'un goût médiocre, à la seule fin de dissimuler l'émotion qu'il avait éprouvée, et qu'ils s'éloignaient de l'endroit où gisait le baron Benjamin entouré de ses deux témoins, ils virent une femme qui accourait vers eux, à travers le bois.

C'était Aspasie.

— Ah! leur dit-elle, venez vite! cette pauvre Juliette est évanouie dans ma voiture... là... à dix pas d'ici...

. . . .

— Mon ange aimé, disait, le soir de ce jour-là, Juliette à Gérard, tu as fait tes preuves et tu ne recommenceras plus, n'est-ce pas?

— Je l'espère, répondit Gérard.

Ils étaient seuls comme la veille, auprès de la fenêtre, et la nuit était bien avancée déjà. Gérard avait un peu de fièvre et le bras en écharpe.

La nuit les avait surpris, et la brise de la fin de septembre, cette brise encore tiède, avait éteint la bougie unique placée sur la table de toilette de Gérard.

Les rayons de la lune glissant dans un ciel sans nuages éclairaient seuls la chambre, et tout à coup, l'astre des nuits, comme dirait M. Viennet, disparut derrière le pignon pointu de la maison voisine.

Alors les lèvres de Gérard cherchèrent celles de Juliette, et les oiseaux du jardin qui sommeillaient dans les arbres encore feuillus, s'éveillèrent au bruit d'un baiser...

Mais tout à coup aussi, le jeune homme jeta un cri d'horrible souffrance, et Juliette se sauva éperdue en appelant au secours...

— Mon enfant! disait le lendemain le bon vieux docteur A... qui s'est tué depuis, hélas! et que nous avons tous pleuré, à Juliette épouvantée, sais-tu bien qu'il pouvait mourir!

O les enfants terribles, qui ne savent rien et prennent pour une écorchure un gaillard coup d'épée de huit lignes de profondeur!...

X

OU L'ON REVOIT LÉOCADIE

Le lendemain du jour où Gérard s'était battu avec le baron Benjamin, le prince Karinoff se présenta chez Léocadie, dans son petit hôtel de la rue Léonie.

La femme rousse rongeait son frein et vouait Juliette, Aspasie et Gérard à tous les tourments de l'enfer terrestre.

— Madame, lui dit-il, je pars ce soir pour Pétersbourg, et je viens vous remercier de vos bons soins.

Elle lui jeta un regard de vipère :

— Ah ! fit-elle, on s'exterminera le tempérament pour vous servir, une autre fois, pour que vous alliez tout raconter à Juliette ensuite et nous faire jouer par-dessous jambe.

— Vous vous méprenez sur mes intentions, reprit le prince, et vous vous êtes surtout trompée sur mon caractère.

— Je m'y trompe probablement encore, dit-elle, car je ne vous comprends pas.

— Vous m'avez offert de me faire aimer de Juliette, dit le prince, et non de me la donner, vous n'avez pu y parvenir.

— Pardon, répondit Léocadie, j'étais en bonne voie.

Le prince secoua la tête :

— Dans dix ans comme aujourd'hui, vous ne serez pas plus avancée.

— Peut-être...

— D'ailleurs, comme je vais à l'armée du Caucase, dans dix ans je serai mort, ajouta-t-il simplement. Mais, reprit-il après un silence, ce n'est pas pour cela que je viens.

— Ah !

— J'avais fait un marché avec vous ; ce marché

13

se trouve rompu, et par les événements d'il y a deux jours, et par mon départ de demain matin. Seulement il n'est pas juste que je vous abandonne avant le terme fixé. Je vous ai promis vingt mille francs par mois, je viens vous prier de passer chez mon notaire, M. L..., rue de la Chaussée-d'Antin, qui, chaque mois, vous comptera cette somme pendant un an.

— Allons! je le vois, dit Léocadie qui se radoucit subitement, vous êtes un galant homme, et vous avez beau partir, mon prince chéri, vous ne renoncez pas à Juliette et vous comptez toujours, et malgré vous, un peu sur moi.

— Comme Juliette aime un autre homme que moi et que je ne la voudrais que m'aimant, répondit le prince, ce qui est impossible, vous vous méprenez encore.

— Soit, dit Léocadie, mais on travaillera tout de même.

— Faites ce que vous voudrez, dit le prince, mais je dois vous prévenir d'une chose.

— Laquelle?

— C'est que si vous commettez quelque infamie, je vous désavouerai.

— C'est convenu, vous l'avez déjà fait.

— Si je puis même vous entraver, je le ferai.

— Soit.

— Et puis, dit le prince, pourquoi me servir, puisque je paye sans rien demander.

— Et ma vengeance donc! s'écria Léocadie.

Je les hais si fort tous les deux maintenant, ajouta-t-elle, que dussé-je y perdre ma dernière dent, je les séparerai.

— Vous êtes un démon! dit le prince. Si je restais plus longtemps ici, je serais votre complice.

Et il s'en alla.

. . . .

Huit jours après, le prince était à Pétersbourg, sollicitait une audience de l'empereur, et obtenait de reprendre son grade de colonel et d'être envoyé à l'armée du Caucase contre laquelle Schamyl jouait sa dernière partie.

XI

« Mars 185...

« Mon prince adoré,

« Êtes-vous à Pétersbourg, êtes-vous au Caucase, êtes-vous de ce monde ?

« Voici cinq mois que vous êtes parti, cent mille francs que j'ai touchés, et nous ne sommes pas beaucoup plus avancés.

« Cependant l'amour de Juliette et de Gérard entre

dans sa deuxième phase : leur bonheur est calme. L'ennui n'est pas loin, et l'ennui est le plus sûr messager de la lassitude.

« Gérard travaille, Juliette joue ; ils habitent Passy et vivent dans la retraite.

« Le baron Benjamin a passé trois mois au lit, mais il en est revenu, et il est plein de zèle pour votre noble cause.

« Vous pensez bien que je ne dépense pas vos vingt mille francs mensuels en chiffons ou en crinolines. J'ai des frais, comme on dit, et je me suis ménagé des intelligences dans la place.

« Je sais aujourd'hui mon Gérard et ma Juliette par cœur.

« Gérard est un homme d'imagination pour qui la vie tranquille a tout de suite un côté bourgeois. Il voudrait voir Juliette enthousiaste, passionnée, fiévreuse. Il n'ose pas chercher des querelles, mais il en meurt d'envie.

« Juliette est la femme calme par excellence, aimant beaucoup sans le dire ; elle est sans élan, elle est sans colère ; elle sourit toujours, mais elle rit rarement aux éclats et ne pleure jamais.

« Tout cela commence à agacer les nerfs de Gérard. Un moment j'avais compté sur la gêne du ménage

13.

pour amener un peu de discorde; mais je l'avoue humblement, je me suis trompée.

« Juliette vaut mieux que nous ; l'argent lui est parfaitement indifférent. Quand elle vivait avec lord Ewil, qui était presque aussi riche que vous, elle était gaspilleuse, elle gâchait beaucoup ; mais elle n'a jamais mis cent mille francs de côté, et elle a flanqué le noble lord à la porte, un matin, sans vouloir accepter un sou.

« Gérard tomberait dans la misère qu'elle supporterait la misère en chantant.

« Et puis, du reste, Gérard a gagné beaucoup d'argent cette année et il répète, en ce moment, une grande machine historique dans un théâtre de drame qui lui mettra trente mille francs en poche, si toutefois le petit baron Benjamin et tous ses amis de la Bourse et de l'écurie ne font pas tomber la pièce à la première.

« Ce n'est donc pas le côté financier qui est attaquable.

« Mais il y en a un autre et nous allons y frapper. Cette femme sans passions apparentes et qui eût fait le bonheur d'un parfait notaire, ne peut être exempte de jalousie.

« Gérard est comme tous les hommes; il aime,

mais il trompe, et au théâtre où il répète, il y a de jolies petites gueuses qui jouent le drame et la comédie à la ville et qui vont tirer à œillades rouges sur leur auteur.

« Si Gérard trompe Juliette, Juliette le lui pardonnera peut-être, mais quelque chose se brisera dans son cœur à votre profit.

« Patience ! mon cher prince, et tâchez de ne pas vous faire tuer par les Circassiens. Plus que jamais, on vous promet Juliette.

« Votre esclave,

« LÉOCADIE. »

XII

La lettre de Léocadie a fait bien du chemin. Elle est allée à Pétersbourg d'abord, traversant la république hanséatique, s'embarquant à Hambourg et remontant en traîneau des bords de la mer du Nord, sur la Néva glacée.

Le prince n'est plus à Pétersbourg. La lettre se remet en route.

Au traîneau de poste succède le traîneau de poste.

A la plaine immense couverte de neige succède le steppe jaune qui semble borné par l'infini.

Le traîneau court toujours, entraîné par ses trois chevaux aux colliers garnis de clochettes, emportant la lettre de Léocadie la Rousse.

En vain, à chaque relai, le cri guttural *stoy! stoy!* qui veut dire *arrête!* s'est-il fait entendre.

Lettre et traîneau poursuivent leur course.

Ils ont traversé la Crimée, ils remontent vers la mer d'Azof et la côtoyent; ils traversent les campements des Tziganes, passent le Volga, au milieu des populations Kalmoukes, dédaignent Astrakan, la blanche ville orientale, Astrakan aux coupoles d'or, et courent toujours vers le désert.

Et le désert semble venir au-devant de la téléga de poste, tant elle va vite, et la mer Caspienne aux eaux dormantes est déjà loin.

C'est le steppe d'Asie, le steppe qui semble être sans fin, éclairé par un soleil ardent qui, à de certaines heures, le fait paraître presque noir.

De temps en temps, une petite éminence mouchète cette plaine infinie : c'est un tombeau kalmouck ; de temps à autre une ligne noire se meut à l'horizon : c'est une caravane qui va du sud au nord, ses dromadaires chargés de fourrures.

Quelquefois aussi un autre point noir immobile remplace le point noir mouvant.

C'est une tente de Cosaques qui font paître leurs troupeaux dans le steppe.

Enfin une ligne blanche apparaît au lointain, ligne irrégulière, brisée, heurtée ; on dirait une scie aux dents d'ivoire.

C'est le Caucase au front couronné de neige, tantôt cachant ses cimes dans les nuages, tantôt s'abaissant en vallées profondes.

Puis, entre le Caucase et le steppe, une autre ligne blanche, la Kouma, cette rivière bénie qui est comme la goutte d'eau dans le désert.

Et sur les bords de la Kouma, à six lieues du Caucase, le bruit a succédé au morne silence de la solitude.

Les hennissements des chevaux de Crimée, le chant monotone et guerrier des Cosaques du Don et du Dniéper, et le cliquetis des sabres se heurtant à l'étrier, et l'étincelle que le soleil arrache aux fers de lance polis comme un miroir, et dans les airs le drapeau russe avec son aigle à deux têtes, flottant au-dessus du camp.

Alors la téléga de poste s'arrête et la lettre de

Léocadie va chercher le colonel de lanciers, prince Karinoff, sous sa tente.

Mais le prince est au conseil de guerre.

On doit attaquer les Circassiens le surlendemain et les chefs délibèrent, comme dit le vieil Homère.

Les officiers braves et même téméraires n'ont jamais manqué dans l'armée russe ; mais le plus brave de tous, celui qui *jongle* littéralement avec la mort, et dont la mort ne veut pas, c'est le prince Karinoff.

Depuis trois mois, le prince a toujours réclamé le poste le plus périlleux. Souvent il est parti pour des expéditions où il devait inévitablement périr.

La mort ne veut pas de lui.

Le prince a un talisman.

Ce talisman c'est une agrafe en émeraude qui, la nuit de son bal à Paris, se détacha de la robe de Juliette, et qu'il retrouva le lendemain sur le parquet.

Cette émeraude, il l'a toujours portée sur lui, depuis, suspendue à son cou et respectueusement enfermée dans un sachet. Depuis lors, les balles ont plu autour de lui, et le prince n'a jamais eu une seule égratignure.

Mais voici que le général en chef de l'armée du

Caucase demande un officier qui veuille s'aventu-
rer en reconnaissance, jusque sous les murs d'une
forteresse que défend Schamyl lui-même.

Il y a quatre-vingt-dix-neuf chances sur une
centième que cet officier sera tué.

Le prince Karinoff s'est offert.

Et comme il monte à cheval, au coucher du soleil, pour se mettre à la tête de sa petite troupe
d'éclaireurs, on lui apporte la lettre de Léocadie.

Le prince pâlit, car les timbres de la poste et
l'écriture, et un parfum de violettes inhérent à
l'enveloppe, lui disent que cette lettre est toute
pleine de Juliette.

Et il la glisse, sans l'ouvrir, dans la fonte de sa
selle, en disant :

— Si elle m'apportait une espérance, je renon-
cerais à mourir... et maintenant il n'est plus temps
de reculer.

. . . .

XIII

—Mon ami, avait dit un jour Juliette à Gérard,
tu es devenu, depuis que je t'aime, une sorte de
point de mire, et tu excites la jalousie universelle.
Le public continuera à lire tes livres, mais la cri-
tique continuera à te nier énergiquement. Tu auras
beau monter correctement à cheval, il y aura toujours des gens qui seront meilleurs écuyers que
toi; et quelque effort de travail que tu fasses, quelque laborieuses que soient tes nuits, tu ne gagne-
ras jamais plus d'argent qu'un *assesseur* d'agent de

14

change, et tu ne pourras pas me donner des diamants aussi beaux que ceux que m'offrirait le premier petit mineur émancipé, dont le père aurait fa-
briqué du vernis ou de la toile cirée.

Quoi que tu fasses, tu n'auras jamais un attelage
à quatre, tu ne pourras pas te poudrer et t'habiller
en postillon pour me conduire aux courses, tu ne
posséderas jamais une écurie d'entraînement, et
toutes ces choses qui permettent à de certains
hommes d'aimer impunément les femmes du
monde auquel j'appartiens.

Il faut donc que j'aie un prétexte pour te garder
et t'aimer de plus belle. Il faut que tu fasses du
théâtre, que tu aies un bon petit succès bien re-
tentissant, et que tu passes pour gagner cent mille
francs au lieu de trente ou quarante.

Alors les gandins diront avec philosophie : « Juliette est une femme perdue pour nous, elle prend
le métier de femme honnête au sérieux, et il n'y a
plus rien à faire avec elle. Bonsoir ! »

Les petites camarades diront également : « Juliette
veut quitter les scènes de genre pour aller au boulevard comme la belle madame Duverger, la reine
actuelle du drame. C'est pour cela qu'elle reste avec
Gérard qui lui fera des rôles. »

Comme cela nous gagnerons un an encore ; et,
dans un an, on nous laissera bien tranquilles.

— Mais, dit Gérard, je ne demande pas mieux que
de faire des drames. Seulement qui voudra les jouer,
puisqu'il est convenu que si un romancier est assez
riche pour qu'on lui vole dix sujets de pièces, il
sera toujours trop bête pour faire un vaudeville en
un acte?

— Ce que tu dis là est assez juste, répondit Juliette.
Le romancier qui a trouvé la fable, les caractères, le
cadre de l'action, la couleur historique, tout ce qui
constitue, en un mot, les éléments d'un succès
dramatique, passera toujours pour n'avoir rien fait,
s'il a un collaborateur. Seulement, il y a des cas
non prévus dans cette loi bizarre.

— Ah! fit Gérard étonné.

— Il y a des directeurs, de part le monde, qui
savent fort bien ce que valent les gens qui font des
livres, et tu as maintenant dans ton jeu une petite
dame de trèfle, — qui est atout, puisque le trèfle est
le symbole de l'argent. Donne-moi un de tes romans et dors tranquille.

— Mais que veux-tu faire? demanda naïvement
Gérard.

— Écoute-moi. Il y a des femmes de chefs de bureau qui veulent faire leurs maris chefs de division. Les unes réussissent, les autres échouent. Les premières promettent toujours et ne tiennent jamais. Les secondes commencent par tenir et on leur fait Charlemagne. Comprends-tu?

— A peu près, dit Gérard en souriant.

— Au théâtre, reprit Juliette, c'est à peu près la même chose. La femme qui est *bonne fille* ne fait jamais son chemin. Les directeurs ne songent pas à la faire jouer, et les auteurs n'ont plus de raison de lui faire un rôle.

Il y a des directeurs qui ont éternellement vingt ans, qui conservent leurs cheveux noirs et un collier de barbe touffue; qui passent une moitié de leur vie à regretter les femmes qu'ils n'ont plus, les auteurs qu'ils ont refusés, les acteurs qu'ils n'ont pas engagés, — et l'autre moitié à désirer les femmes qu'ils n'ont pas, à chercher des auteurs nouveaux et des talents inconnus.

Suppose que l'un de ces directeurs dont je te parle m'ait beaucoup aimée et soit persuadé que les circonstances seules nous ont empêchés de nous réunir, que son amour passé soit demeuré de l'amitié, nuancée d'un arrière espoir, qu'il soit brouillé avec ses fournisseurs habituels et que, le hasard aidant toujours, il soit un homme de beaucoup de talent...

— Tu supposes bien des choses, dit Gérard en souriant.

— Ah! dame! fit Juliette, si je dis tout cela, c'est que j'ai mes raisons.

Qui vivra, verra...

Et Juliette s'en alla à son théâtre, car elle jouait sans relâche depuis trois mois, et laissa Gérard se promenant dans leur jardinet de Passy et cherchant un sujet de drame.

XIV

Que se passa-t-il, à la suite de la conversation de Gérard et de Juliette?

On peut le résumer en quelques mots. Un mois après, un théâtre de drame mettait en répétitions une pièce en cinq actes et huit tableaux de Gérard tout seul, disait l'affiche, bien qu'une main habile eût à travers le fouillis du roman cherché l'unité dramatique, fondu les scènes, corsé les situations, engraissé les rôles.

Le collaborateur mystérieux gardait modestement l'anonyme et Gérard seul savait ce qu'il lui devait.

Le théâtre fit bien les choses, on commanda de fort beaux décors, — si beaux que deux fournisseurs ordinaires de machines à grand spectacle firent annoncer une pièce de la même époque, espérant les utiliser au cas où la pièce de Gérard sombrerait à la suite d'une de ces jolies intrigues qui feraient honneur à Machiavel et dont les gens de théâtre proprement dit ont le secret.

La main de Léocadie avait même, dit-on plus tard, trempé dans cette petite infamie, mais la femme rousse fut battue et se dit :

— Allons! si on ne peut pas empêcher la pièce, on tâchera qu'elle se casse les reins à la première. Et puis, d'ailleurs, les répétitions nous serviront un peu, j'ai mon plan.

Or ce qui devait servir le plan de Léocadie la Rousse, c'était précisément ce que Juliette avait dit à Gérard un mois auparavant. Si les directeurs regrettent les artistes qu'ils ont laissés partir, ils ont en même temps une jolie soif de l'inconnu.

Le mystérieux collaborateur de Gérard qui avait sous la main une troupe complète, et des meilleures, se dit qu'il lui manquait une femme, une ingénuité qui devait supporter une partie du poids de la pièce; et le rôle fut lu par le régisseur, en attendant mieux.

Pendant huit jours ce fut un vrai steaple-chase dont le rôle de Cornélia était le clocher.

Il vint des femmes de seize ans et des ingénues de quarante.

On les entendit toutes : les unes allaient très-bien, les autres n'allaient pas du tout.

Pendant ce temps-là, il y avait une jolie fille qui faisait partie du théâtre et avait beaucoup de talent, qui disait en riant : « Vous verrez que mon capricieux directeur finira par me rendre le rôle. »

Le capricieux directeur caressait son collier de barbe et disait :

— Non, ce n'est pas ça... je voudrais une femme qui ait dans son geste, dans son organe, dans sa figure, quelque chose de sauvage...

Et le malheureux régisseur, victime résignée des fantaisies directoriales, continuait à chercher et ne trouvait pas.

Un jour, pendant la répétition, un garçon de théâtre apporta une lettre à Gérard.

L'enveloppe était mignonne, l'écriture de la suscription allongée et élégante.

Prenez Jupiter amoureux de Léda et supposez que les enveloppes Maquet et le papier anglais existent dans l'Olympe ; apportez-lui une lettre qui trahisse par son parfum et son écriture la main d'une femme, et Jupiter fera attendre Léda et redeviendra dieu pour déchiffrer le poulet, un cygne ne sachant pas lire.

Gérard aimait pourtant bien Juliette, mais il eut une jolie émotion en ouvrant ce billet mystérieux qui dédaignait la voie de la poste et le domicile légal du nouvel auteur dramatique.

L'écriture du corps de la lettre, non moins élégante que celle de l'adresse, était néanmoins un peu tremblée.

Adossé à un portant, Gérard lut :

« Monsieur,

« Vous avez déserté, dit-on, cette blanche et mignonne maisonnette perdue dans la verdure et les fleurs d'un vieux jardin, rue de Laval, et dans lequel vous avez écrit tant de jolis livres qui m'ont charmés. Où êtes-vous allé? C'est un mystère, paraît-il, bien que la maisonnette soit toujours à

vous. Je n'ose vous demander le secret de cet aban-
don, je suis discrète et pas trop curieuse, quoique
femme. Mais si une grande infortune peut vous
toucher, si ma jeunesse, ma pauvreté, ma lamen-
table histoire vous paraissent dignes de pitié, vous
ne me refuserez pas de revenir rue de Laval, ce
soir, entre neuf et dix heures du soir.

« Celle qui se dit votre servante et place en vous
tout son espoir.

« CLÉMENCE MORTIMER. »

Gérard lut cette lettre deux fois. Le mot de pauvreté était si habilement accolé à celui de jeunesse,
que Gérard eût été le dernier des hommes, s'il eût
refusé le rendez-vous qui lui était offert.

La répétition, ce jour là, lui parut interminable.

Cependant il retourna dîner à Passy, ne souffla
mot de la lettre qu'il avait reçue, à Juliette, et la
ramena à son théâtre.

A huit heures et demie, Gérard était chez lui,
rue de Laval.

A neuf heures, une femme entrait dans son
cabinet, et, à la vue de cette femme, Gérard éprouvait une sensation bizarre.

— C'est moi, monsieur, lui dit-elle, qui ai eu la

hardiesse de vous écrire, aujourd'hui, et de vous demander un rendez-vous.

Léocadie avait eu la main heureuse; elle avait fort bien compris que pour incendier Gérard, il fallait trouver l'opposé en toutes choses de la câline et rieuse Juliette, la femme qui avait horreur des grands mots et des grandes phrases, des serments qu'on ne prête que pour ne point les tenir, et des enthousiasmes qui s'éteignent comme l'ouragan sous une pluie d'octobre.

Clémence Mortimer était grande, mince, blonde et presque rousse, elle avait de grands yeux noirs, un nez qui, tout correct et tout aristocratique qu'il fût, tenait du bec de l'oiseau de proie.

Elle avait dans ses mouvements des souplesses félines, des soubresauts d'une câlinerie redoutable; elle passait du rire aux larmes, comme le mois de mars du soleil aux giboulées pleines de grêlons.

Tantôt harmonieuse et caressante, sa voix avait des intonations rauques, à de certaines heures, qui faisaient rêver des tigresses de l'Inde qui appellent leur royal époux au milieu des jungles.

Elle n'était pas encore assise que Gérard avait éprouvé à la tête et au cœur comme une mystérieuse commotion ; et lorsqu'elle lui tendit la main à l'anglaise, il reçut un choc électrique qui se répercuta jusques à la racine de ses cheveux.

Sa main était blanche et longue, retroussée par le bout des doigts garnis d'ongles superbes, taillés avec soin.

— Vous avez une bien belle main, madame, lui dit Gérard qui crut triompher d'une timidité subite, par ce vulgaire compliment.

Mais elle, la tigresse et la rouée, retira cette main vivement et rentra ses belles griffes.

Puis elle eut un sourire plein de tristesse.

— Eh ! dit-elle, seriez-vous donc comme les autres, vous aussi !

Il balbutia quelques mots d'excuse et elle poursuivit :

— J'ai lu plusieurs de vos livres, et le parfum chevaleresque qui s'en exhale m'a donné confiance en vous.

Gérard n'était pas vaniteux et il faisait très-bon marché de ses livres, mais quel est l'homme de lettres qui ne sera pas sensible au compliment mensonger d'une femme, fût-elle médiocrement jeune et jolie ?

Clémence était belle ; Clémence savait donner à

sa voix un charme indéfinissable ; Clémence parlait avec un accent de sincérité qui allait à l'âme. Et puis, une femme qui a nom Mortimer, cela vous a tout de suite un caractère.

Gérard passa grand homme dans son propre esprit, durant cinq minutes.

Clémence Mortimer tressaillit :

— Monsieur, dit-elle, n'attachez pas à mes paroles plus d'importance qu'elles n'en ont. Je suis une étrange créature, croyant au mal toujours, rarement au bien. J'ai vu le mal autour de moi sous toutes les formes, depuis mon enfance ; je n'ai jamais vu le bien. Je l'ai rêvé pourtant.

Vous avez eu raison, mademoiselle, répondit Gérard, notre monde est quelquefois bon.

— Je l'ai espéré en vous lisant, reprit-elle.

Il s'inclina ravi. Elle poursuivit :

— A quoi bon vous dire mon histoire ? qu'il vous suffise de savoir que je porte un grand nom, que je suis née dans un palais, que je vis aujourd'hui dans une mansarde, pauvre et unique soutien d'une pauvre femme aveugle. Je voudrais entrer au théâtre ; je crois que j'aurais du talent, un talent étrange, sauvage, imprévu. Voulez-vous m'entendre ?

— Mais, madame, dit Gérard, je suis si peu de chose dans le monde dramatique...

— On répète une pièce de vous, dit-elle ; dans cette pièce, il y a un rôle qui serait dans mes cordes et pour lequel, je crois, on cherche une artiste.

J'ai fait un tour de force, j'ai appris le rôle.

— Comment ! dit Gérard, vous le savez ?

— Oui.

Il la regardait avec une admiration naïve ; elle était belle, elle était jeune... et puis son œil et son nez de faucon avaient une sorte de domination qui courba Gérard tout entier.

— Voulez-vous m'entendre ? répéta-t-elle.

— Oh ! de grand cœur, fit-il ; mais comment avez-vous pu vous procurer la pièce qui n'était pas imprimée.

— Le souffleur du théâtre demeure dans la maison que j'habite. Il m'a prêté le manuscrit. Elle ouvrit le grand manteau dans lequel elle s'était drapée à l'antique et montra un rouleau de papier.

C'était, en effet, le manuscrit du souffleur.

Gérard le prit, afin de lui donner la réplique ; et elle commença.

Ce qu'elle avait dit était vrai ; elle avait du talent, un talent étrange et sauvage.

Dans ce rôle passionné de Cornélia, mélange de gitane et de patricienne, elle eut des intonations rugueuses, des colères splendides, des pleurs et des rires ; elle rugit des tempêtes ; elle eut des ricanements de damné ; elle fit pleurer Gérard lui-même qui savait pourtant bien que Cornélia n'avait jamais existé que dans son imagination.

Puis, au bout d'une heure, elle se laissa presque tomber sur un siége, éperdue, palpitante, renversante, et Gérard eut le vertige, et il se trouva à ses genoux sans savoir comment.

Mais elle le repoussa sans colère ; la femme de théâtre s'évanouit, et Gérard n'eut plus devant lui que la jeune fille honnète et pauvre qui voulait vivre de son travail pour soutenir sa mère aveugle.

Elle se leva et lui dit :

— Il est tard, ce quartier est désert, oserais-je vous supplier de me reconduire.

D'amour, pas un mot.

Gérard envoya chercher une voiture et s'assit à côté de Clémence.

— Mais, lui dit-il, vous avez déjà été au théâtre ?

— Jamais. Seulement, dit-elle avec modestie et rougissant un peu, on jouait la comédie de salon, chez mon père, quand nous avions encore notre palais à Venise.

Elle était redevenue caressante de la voix et du regard et dans la pénombre de la voiture ses yeux étincelaient comme ces fameuses escarboucles des contes d'orient dont tout le monde parle et que personne n'a vues. Elle avait jeté au cocher le n° 17 de la rue Taranne, dans le faubourg Saint-Germain.

Gérard, était sous le charme, un charme mystérieux et inconnu.

Pendant le trajet elle babilla comme une syrène, elle parlait plusieurs langues, elle était musicienne, elle peignait des miniatures, c'était même ce qui la faisait vivre.

A sa porte, elle serra de nouveau la main de Gérard et lui dit :

— Est-ce que je serais bien ambitieuse, en vous suppliant de venir nous voir demain, ma mère et moi.

— Votre heure sera la mienne, répondit Gérard.

Et il s'en alla tout troublé, pendant qu'elle disparaissait sous la porte bâtarde d'une maison d'honnête et triste apparence.

Gérard s'en alla au théâtre et trouva le directeur qui se promenait sous le péristyle :

— Mon ami, lui dit-il, j'ai trouvé. *Eurêka !*

— Quoi donc ?

— Une Cornélia.

— Bah ! fit le directeur, si elle n'est pas meilleure que toutes celles que j'ai entendues...

— Vous verrez, je vous l'amènerai demain.

— Nous l'entendrons, répliqua le directeur sceptique, et Gérard s'en retourna aux Variétés pour y prendre Juliette.

La représentation était finie, le théâtre fermé.

— Voici la première fois, pensa Gérard, qui éprouva comme un remords, que j'aurai fait attendre Juliette. Mais Juliette était à une lieue de soupçonner le trouble qui se manifestait dans l'âme de Gérard. Elle était descendue au café Véron avec un de ses camarades et elle soupait fort tranquillement, la femme sans crainte et sans reproche qu'elle était, en attendant son amant.

A travers les glaces du café, Gérard aperçut Juliette. Elle riait en écoutant les saillies de son spirituel camarade.

— Mais d'où viens-tu donc, coureur ? fit-elle en voyant entrer Gérard.

— Je suis retourné au théâtre ce soir, dit Gérard.

— Ah ! fit Juliette. Veux-tu souper ?

15.

— Non, je n'ai pas faim.

— Eh bien ! paye, dit-elle, et partons. Je répète demain ; et L... se rattrape joliment de mon congé. Il me fait jouer tous les soirs et répéter tous les jours.

— Voilà ce que c'est, dit l'acteur qui soupait avec elle, quand on a un bon cheval, on l'attelle toute la journée.

— Jusqu'à ce qu'il soit boiteux, comme le nôtre, dit Juliette en riant.

Et elle partit avec Gérard dans un fiacre.

Gérard songeait à l'étrange créature qui venait d'entrer ainsi dans sa vie d'une manière aussi inattendue.

Il fut silencieux durant le trajet du boulevard Montmartre à Passy.

— Mais qu'as-tu donc ? lui dit Juliette, comme ils traversaient le jardin de leur petite maison. A quoi penses-tu, mon chien ? Tu es terne et flasque comme un jour de pluie.

— On me fait des misères pour ma pièce, répondit Gérard.

C'était peut-être le premier mensonge qu'il faisait à Juliette.

— Que t'es bête ! fit-elle en souriant et lui passant ses deux bras autour du cou, est-ce que je ne suis pas là, moi, ton étoile?

Gérard tressaillit :

— Ah ! c'est juste, fit-il, tu es ma bonne étoile, et tout me réussit depuis que tu m'aimes.

— Et cela sera toujours ainsi ; à moins que je ne t'aime plus...

— Ah ! pourquoi dis-tu cela ?

— Mais, répondit-elle en souriant, est-ce que je sais, moi ? Les hommes sont si naïfs ; quand ils se sentent aimés, ils en éprouvent de l'agacement.

— Ce n'est pourtant pas pour moi que tu dis cela, au moins ? fit Gérard piqué.

— Mais si, dit Juliette. Tu es froid avec moi.

— Mais non, je te jure.

— Est-ce que tu ne m'aimes plus ?

— Oh !

— Bah ! dit-elle, abrégeons les nuits, on dort toujours trop. Viens donc nous asseoir là, dans le jardin, et fais-moi une déclaration, comme autrefois, monsieur mon... mari.

Une voix s'éleva au fond du cœur de Gérard, qui lui cria :

— Tu serais fou de revoir Clémence Mortimer.

Et, ce soir-là, Juliette fut reine plus que jamais.

Le lendemain, Juliette partit pour Paris de bonne heure. La répétition était à midi, pour le quart, comme disent les artistes.

— Tu ne viens pas? dit-elle à Gérard.

— Non, je reste, répondit-il.

— Pourquoi?

— Je suis au travail. Si je vais à Paris, je ne ferai rien.

— Comme tu voudras, dit Juliette, qui se disait que, après tout, on n'avait pas besoin de Gérard pour répéter sa pièce.

Il s'était fait une réaction bizarre et violente dans l'âme et l'esprit de Gérard :

— Non, s'était-il dit, je serai malhonnête, brutal, tout ce qu'on voudra ; mais je n'irai point à Paris. Je ne veux pas revoir cette femme.

Et il passa sa journée à Passy et s'efforça de travailler.

Mais le hasard a de singulières combinaisons. A cinq heures, un garçon de théâtre envoyé par le directeur arriva.

Le directeur disait :

« Où est ce phénix dont vous m'avez parlé hier soir? »

Gérard répondit :

« Excusez-moi, je suis malade. Le phénix demeure rue Taranne, 17, et répond au nom de Clémence Mortimer. »

Et il se remit à travailler.

Juliette revint dîner à cinq heures. Elle ne repartit qu'à sept, et elle voulut emmener Gérard.

— Tu as travaillé toute la journée, lui dit-elle. Pourquoi ne te secouerais-tu pas un peu ? Et puis il est bon que tu ailles au théâtre savoir enfin qui jouera le rôle de Cornélia.

— La fatalité s'en mêle ! pensa Gérard.

Et il alla à Paris ; mais, pendant la route, il se prit à souhaiter une foule de choses extraordinaires, comme, par exemple, celle-ci : que mademoiselle Clémence Mortimer entendue, on l'aurait trouvée mauvaise.

Il alla droit au théâtre et trouva le directeur au contrôle.

Ce directeur avait une singulière habitude. Dans toutes les circonstances graves, il caressait sa barbe : de bas en haut, s'il était mécontent ; de haut en bas, si, au contraire, il était satisfait.

Le directeur caressait sa barbe de haut en bas. Il prit les deux mains à Gérard :

— Ah ! mon ami, lui dit-il, nous aurons cent

représentations. Cette femme que vous m'avez
envoyée est le salut de ma pièce, et c'est bien ce
que j'avais rêvé : une fille étrange, passionnée,
sauvage, pleine de tendresses charmantes et de
rugueux emportements.

— Ah ! balbutia Gérard.... et vous l'avez engagée ?

— Sur-le-champ. Elle répète demain. Il faut que
vous veniez. Nous passerons dans huit jours.

— Serons-nous prêts ?

Et en faisant cette question Gérard songeait plus
à Juliette qu'à sa pièce.

— Oui, dit le directeur.

Ce soir-là encore, Gérard rentra chez lui tout
préoccupé.

— Que me disais-tu donc hier soir ? lui dit Juliette en chemin, qu'on te faisait mille misères ?
il paraît que cela marche très-bien, et qu'on vient
d'engager une femme pleine de talent pour le rôle
de Cornélia.

— C'est vrai, dit Gérard, on m'en a parlé...

Et il changea de conversation.

Ce soir-là, il fut plus affectueux et plus empressé
que la veille, obéissant à de sinistres et impérieux
pressentiments.

Le lendemain, il alla répéter ; mais il éprouvait comme une répugnance bizarre à arriver au théâtre de bonne heure, et il se prit à flâner le long des boulevards, de telle sorte, qu'on avait répété deux actes lorsqu'il entra.

La nouvelle Cornélia était en scène.

Gérard éprouva la même sensation électrique, le même trouble que la veille.

Tout en répétant, et tandis qu'il allait s'asseoir au bord de la rampe, près de la table du souffleur, elle lui jeta un regard de doux reproche.

Les artistes du théâtre disaient très-haut, au foyer, que mademoiselle Mortimer avait beaucoup de talent.

D'où venait-elle ? quels étaient ses antécédents dramatiques?

L'auteur le savait, disait-on. Ce fut le point de départ de mille commentaires.

Comme la répétition finissait, Clémence s'appro cha de Gérard :

— Je sais tout ce que je vous dois, lui dit-elle, merci !

Elle lui serra la main, et passa fière et simple devant lui sans lui reprocher ce rendez-vous auquel il avait manqué.

Un moment il songea à la suivre, à s'excuser de son impolitesse de la veille ; mais le régisseur, qui avait je ne sais quoi à lui dire, l'arrêta au passage, et lorsqu'il fut libre, Clémence Mortimer était partie.

Gérard courut après elle, mais il ne l'aperçut nulle part aux abords du théâtre.

Alors obéissant à cet esprit de contradiction qui est le fond de la nature humaine, et qui nous fait poursuivre ce qui semble vouloir s'éloigner de nous, Gérard prit une voiture et se fit conduire rue Taranne.

Clémence n'était pas rentrée encore, lui dit-on, et Gérard se dit :

— La pauvre enfant est à pied et j'ai été assez sot pour prendre une voiture.

— Si vous voulez monter, monsieur, lui dit la concierge, madame Mortimer est chez elle. C'est une dame aveugle, mais elle a bien l'habitude de son logement.

Elle vous ouvrira.

Une poignante curiosité s'empara de Gérard.

Il monta.

C'était au sixième, un cordon de laine verte, sans gland, correspondait à la sonnette, auprès d'un

Au bruit, une voix demanda, à l'intérieur, ce qu'on voulait.

— Mademoiselle Mortimer? dit Gérard.

La porte s'ouvrit.

Le romancier se trouva alors en présence d'une femme grande, mince, blonde comme sa fille, aux yeux bleus sans rayons, qui lui dit:

— Ma fille est au théâtre, monsieur. Serait-ce vous qu'elle attendait hier?

— Oui, madame, répondit Gérard, qui regardait l'aveugle tout à son aise.

On eût dit dans cette femme encore jeune et frappée de cécité un portrait du dernier siècle descendu de son cadre, tellement il y avait dans l'ensemble de dignité froide et de grand air.

— Veuillez vous asseoir, monsieur, dit l'aveugle, qui avança un siége sans hésitation, tant elle avait l'habitude d'aller et de venir par son étroit domicile.

Ce logement se composait de deux pièces, une qui servait à la fois d'antichambre, de salle à manger et de salon, l'autre, qui laissait apercevoir deux lits jumeaux par la porte entr'ouverte.

Le mobilier, fané, usé, mais tenu avec une propreté exquise, avait des restes de grandeur, — une

certaine commode en marqueterie avec ornements
du cuivre surtout, qui semblait dire : J'ai été mieux
logée autrefois et en meilleure compagnie.'

— Monsieur, dit encore l'aveugle, ma fille doit
revenir à cinq heures et demie, car en sortant du
héâtre elle aura été donner sa leçon.

— Ah ! fit Gérard, elle donne des leçons ?

— Des leçons de peinture, monsieur.

Tandis que l'aveugle parlait, l'œil de Gérard
était tiré par un papier jauni plié en quatre et posé
sur une table, à la portée de sa main.

Gérard reconnut sur le champ cet affreux papier
revêtu des armes du gouvernement, et que messieurs les huissiers convertissent avec tant de joie
en cartes de visite.

— Pauvres femmes ! pensa-t-il.

Et il allongea discrètement la main sur le papier
timbré, s'en saisit, et lut.

C'était un commandement, c'est-à-dire le dernier
acte avant la vente.

Le commandement disait que les meubles et
objets saisis seraient enlevés le lendemain, avant
midi, et transportés, à la requête du propriétaire,
à l'hôtel des ventes.

Gérard, au lieu de remettre le papier sur la table, le glissa dans sa poche.

Puis il se leva et dit à l'aveugle :

— Madame, il n'est guère que quatre heures e demie ; je m'aperçois que je suis venu beaucoup trop tôt. Voulez-vous me permettre d'aller faire une course dans le quartier ?

— Comme il vous plaira, monsieur, répondit l'aveugle.

Gérard s'en alla émerveillé du grand air de madame Mortimer, et navré de la misère qui enserrait Clémence dans ses griffes d'acier.

Une fois dans la rue, il se remit à lire l'exploit.

La dette était misérable ; elle se montait à treize cents francs, frais compris.

Gérard garda sa voiture et courut chez son libraire, qui demeurait dans le quartier. Il y prit treize cents francs sur ses comptes du mois et s'en alla chez l'huissier.

L'huissier habitait la rue Saint-André-des-Arts.

Par extraordinaire, c'était un huissier bonhomme ; il aimait les arts, il avait un faible pour les artistes.

— Ah ! monsieur, dit-il à Gérard, lorsque celui-ci
eut prononcé le nom de Mortimer, je sais ce que
vous venez me demander. Mais j'ai fait ce que j'ai
pu. J'ai traîné les poursuites en longueur. Malheureusement les délais sont épuisés, et tout ce que
j'ai pu faire, ç'a été d'accorder un dernier sursis de
huit jours à cette pauvre jeune fille, qui est venue
tout en larmes.

— Comment ! dit Gérard ; elle est venue ?

— Elle sort d'ici.

— Eh bien ! elle ne reviendra plus, dit l'homme
de lettres, à moins que ce ne soit pour vous remercier.

Et il paya.

— Diable ! fit l'huissier en comptant les billets de
banque et rendant le dossier, je ne fais pourtant
pas un métier d'homme crédule, et les gens de ma
profession ne croient guère à la vertu ; mais j'aurais parié ma tête que cette petite était sage...

— Elle l'est, dit Gérard.

Et il s'en alla.

. . . .

Le soir, tandis que Juliette était au théâtre, la
mauvaise étoile de Gérard le conduisit rue de
Laval.

On s'attache aux femmes en raison directe des sacrifices qu'on fait pour elles.

Gérard avait payé treize cents francs pour Clémence; il eut dès lors la pensée de la revoir, et comme il n'était pas meilleur que les autres hommes, il se dit que Clémence devait venir le remercier.

Il s'installa dans son cabinet de travail et s'accouda à la fenêtre.

Quelque chose lui disait que Clémence allait venir.

Cependant une partie de la soirée s'écoula; onze heures sonnèrent, personne ne vint.

— Après ça, se dit-il, l'huissier ne lui a peut-être pas encore renvoyé le dossier.

Il songea à s'en aller, mais il attendit encore; et comme, à minuit moins le quart, il reprenait son paletot et son chapeau pour redescendre sur le boulevard et aller chercher Juliette, la porte s'ouvrit, et Clémence se jeta à son cou en lui disant :

— Ah! vous êtes noble et bon! Vous avez sauvé ma mère!...

Et Gérard oublia que Juliette l'attendait, et ce fut une nuit de délire et de promesses délirantes, de serments fiévreux et d'oubli complet.

16.

Et le jour les surprit se jurant de s'aimer toujours, et elle se sauva tout en larmes; mais souriante et lui disant :

— Ah! j'ai le paradis dans le cœur!...

XV

LE JOYEUX PIANISTE

Gérard avait un ami, — ou plutôt un camarade. C'était un joyeux pianiste, chose rare, car tous les pianistes sont ordinairement lugubres.

Chose plus rare encore, ce pianiste-là avait un grand talent.

Son nom trop connu, pour ne pas dire célèbre, nous oblige à l'affubler d'un pseudonyme et à l'appeler Alfred.

Alfred avait beaucoup vécu au pays des amours faciles; il estimait qu'un homme d'esprit doit se trouver perpétuellement entre trois amours : un amour qui est mûr, un autre qui mûrit, et un troisième qui bourgeonne.

Comme Gérard sortait accablé, le matin, de cette maisonnette de la rue de Laval, théâtre de sa trahison, se demandant s'il oserait affronter le regard de Juliette, de Juliette qui l'avait attendu toute la nuit, de Juliette qui l'aimait et qu'il aimait réellement, — tandis qu'il se demandait avec ce sérieux plein d'enfantillage et de désespoir de l'homme qui a le cœur plein, s'il n'irait pas dans un tir se brûler la cervelle, ou sur le Pont-Neuf pour se jeter à l'eau, il se trouva nez à nez avec Alfred.

Le joyeux pianiste qui s'était, à vingt-trois ans, empêtré, sans savoir comment, dans la toile d'araignée du mariage, dormait si mal à côté de son anguleuse et légitime épouse, qu'il sortait dès l'aube, sous le prétexte de monter à cheval, mais, en réalité, pour aller refaire un somme sur un autre oreiller garni de valenciennes, dans un coin de ce Paris mystérieux qui est comme un purgatoire adouci pour les damnés de l'amour légal.

— Ah ! mon Dieu, dit-il en apercevant Gérard, mais quelle mine as-tu donc, mon bon ami ? Aurais-tu perdu au jeu ? le feu serait-il chez toi ?

— Non, dit tristement Gérard.

— Serais-tu amoureux ?

— Non, dit Gérard, qui songea à Clémence et s'avoua qu'il ne l'aimait pas.

— Juliette t'aurait-elle trompé ?

— Non, c'est moi... et je suis un misérable! murmura Gérard avec l'accent du mélodrame.

Alfred partit d'un grand éclat de rire.

— Comment ! ce n'est que cela ? fit-il.

Gérard leva sur lui un œil hébété.

— Depuis combien de temps êtes-vous ensemble? reprit le joyeux pianiste.

— Depuis plus d'un an.

— Et... c'est la première fois...

— Certes oui, dit Gérard, et si elle me pardonne, je ne recommencerai jamais.

— Comment ! si elle te pardonne... Mais elle *sait donc tout*, comme on dit.

— Non, mais je vais aller me jeter à ses genoux.

— Et lui dire, fit le pianiste : « Ma Nini chérie, comme tu as la plus grande confiance en moi, que tu es à cent lieues de croire que je te trompe et qu'il est probable que tu ne le sauras jamais, je viens te le dire. » Mais c'est superbe cela !

Gérard était naïf comme un professeur d'histoire naturelle :

— Mais elle s'en apercevra, dit-il.

— Comment ?

— D'abord, je ne suis pas rentré hier.

— Il faut donc que tu rentres chaque soir ?

— Je l'ai fait jusqu'à présent.

— Bon ! mais où demeure Juliette ?

— A Passy.

— Jouait-elle, hier soir ?

— Oui.

— Alors tu devais aller la chercher à son théâtre ?

— Certainement.

— Diable ! fit le pianiste embarrassé.

Mais le joyeux Alfred était plein de ressources ; il se frappa le front et dit :

— J'ai trouvé.

— Quoi donc ? demanda Gérard qui continuait à avoir la mine consternée.

— Tu sais que j'habite Auteuil, l'été.

— Oui.

— Auteuil est à dix minutes de Paris. Viens ! nous allons tout arranger...

— Comment ?

— Tu verras...

Et le pianiste fit monter, au coin de la rue
Breda, Gérard dans une voiture de remise et dit au
cocher :

— A Passy, et un vrai train. Il y a quarante
sous de pourboire comme un liard si nous y sommes dans une heure.

Le pianiste consultait sa montre tandis que le
véhicule se mettait en route :

— Il est sept heures et demie, dit-il enfin, nous
serons arrivés un peu avant neuf heures. A quelle
heure se lève Juliette ?

— Elle doit être levée, répondit Gérard.

— N'importe ! allons !

Le cocher, alléché par la promesse du pourboire, arriva à Passy en moins de trois quarts
d'heure.

Le pianiste se fit indiquer la maison où Juliette
et Gérard avaient vécu si heureux depuis plusieurs
mois.

— Accusé, dit-il à celui-ci, tandis que la voiture
s'arrêtait devant la grille, si vous voulez être ac-
quitté, vous allez demeurer là, et faire le mort.

Gérard était tellement épouvanté de tout ce qui
était arrivé qu'il fit ce que le pianiste voulut et
s'enfonça dans un coin du coupé.

Le joyeux Alfred sonna.

Mais déjà Juliette accourait en traversant le jardin ; elle avait entendu le bruit de la voiture et son cœur lui avait dit que c'était Gérard.

Aussi recula-t-elle un peu étonnée en voyant Alfred qu'elle connaissait du reste, et qu'elle savait être l'ami de Gérard, et même son étonnement fit place à une anxiété subite :

— Ah ! mon Dieu ! dit-elle, c'est Gérard qui vous envoie !

— Oui, répondit le pianiste qui prit un air désolé.

— Il est malade... il s'est battu peut-être... j'ai passé la nuit à l'attendre... dit-elle avec volubilité et d'une voix pleine de fièvre et d'angoisse... Oh ! parlez... parlez, mon ami !

— Rien de tout cela, ma chère Juliette, répondit le pianiste ; néanmoins, il est arrivé à notre ami un accident. Mais il n'est ni mort, ni blessé, ni malade.

— Alors, dit Juliette, qu'est-ce donc ?...

— Figurez-vous qu'hier soir il s'est oublié à causer sur le boulevard entre onze heures et minuit, avec trois ou quatre vauriens, dont votre serviteur ; il a eu beau leur dire qu'il était minuit et qu'il allait vous chercher, on lui a répondu qu'il prenait

dix heures pour onze et on l'a emmené chez Bré-
bant manger des huîtres.

— Et puis? dit Juliette, on l'a grisé...

— Un peu... puis on a soupé jusqu'au matin, et
on l'a tellement *blagué*, mais *blagué* sur sa fidélité de
caniche et son exactitude d'amoureux qu'on lui a
fait manquer la fermeture des théâtres, le dernier
train d'Auteuil et tous les véhicules du monde.

Juliette redevint calme et souriante.

— Mais enfin, où est-il ?

— Dans cette voiture... d'où il n'ose bouger...
tant il a peur d'être grondé par maman, acheva
le pianiste.

Juliette se précipita vers le coupé, ouvrit la portière, sauta au cou de Gérard et lui dit :

— Mais, niais chéri ! je ne suis pas un maître
d'école, et tu sais bien que voilà ma seule férule,
ajouta-t-elle en l'embrassant.

— Et maintenant, madame, reprit le pianiste
qui se posa comme un acteur de mélodrame, allez
prendre votre manteau et suivez-nous !

— Mais où voulez-vous m'emmener ? dit-elle.

— A Auteuil, dans ma maison des champs, *re-
manger* des huîtres.

— Ah ! pardon, fit Juliette, je n'en ai pas encore

mangé, moi ; et j'ai soupé hier soir en robe de
deuil, comme la duchesse de Marlborough que j'ai
interprétée jadis.

Gérard se disait :

— Ah ! dussé-je ne plus assister aux répétitions
de ma pièce, je ne reverrai jamais Clémence Mortimer.

Peu-être que la grande affection que Gérard avait
pour Juliette lui donnait l'aplomb nécessaire à ne
point éveiller ses soupçons.

Il fut d'une humeur charmante à déjeuner ; et
lorsque Juliette le quitta, lui et le joyeux Alfred,
pour aller répéter, il la conduisit à la station d'Auteuil avec le calme et la sérénité de l'innocence.

— Eh bien ! dit alors le pianiste, qu'en dis-tu ?

— Ah ! mon ami, tu m'as sauvé.

— Et je me suis sacrifié pour toi.

— Comment cela ?

— Tu ne penses pas, j'imagine, que lorsque tu
m'as rencontré ce matin, j'allasse prendre le chemin
de fer d'Auteuil pour venir ici ?

— Non, certes, dit Gérard, je devine, tu allais
chez Antonia.

— Vous vous trompez, mon bon.

— Comment ! c'est fini ?

— Avec Antonia? mais non... seulement c'est ma Juliette à moi, voilà tout.

— Je ne comprends pas bien.

— Comment appelles-tu la *personne* de cette nuit?

— Clémence.

— Eh bien! J'allais chez ma Clémence, comprends-tu?

— Oh! fit Gérard scandalisé.

— Mon cher bon, reprit le pianiste, je vois que tu ne connais pas la *charge* du petit bœuf.

— Qu'est-ce que cela?

— Une charge ainsi nommée, parce qu'il n'y est pas un seul instant question de bœuf, mais de chevaux, et qui est connue dans tous les ateliers du quartier.

— Ah!

Alfred alluma un cigare et reprit:

— Voici en quoi consiste la charge du *petit bœuf*. Tu as deux chevaux, je suppose.

— Fort bien.

— Un cheval anglais qui piaffe et qui steppe, et qui porte au vent et fait un embarras de tous les diables, mais qui s'essoufflerait dans une course de six lieues, s'enrhumerait par la pluie et la neige, et ferait une triste mine à un gros coupé trois-quarts.

Naturellement, tu le gardes pour ton tilbury, et viennent le beau temps, les après-midi ensoleillées, les gelées de février sous un ciel clair qui rendent le macadam roulant et sonore, et tu t'en vas au bois, rien que pour entendre dire : Ah ! le beau cheval, oh ! le superbe trotteur !...

En même temps, tu as un bon cheval normand bien doublé ou un robuste poney d'Écosse, qui enlève ton coupé comme une plume. Celui-là ne craint ni la fatigue, ni le froid, ni le chaud ; il est jeune, il est ardent, il va toujours, et comme, à Paris surtout, il y a plus de jours de pluie que de jours de soleil, plus de mauvais que de beau temps, tu sors avec le double poney et tu laisses reposer le steppeur deux jours sur trois.

— Après ? fit Gérard.

— Quel âge a Juliette ?

— Vingt-neuf ans.

— Et Clémence ?

— Dix-neuf ou vingt.

— Juliette est belle, fort belle, mais elle est calme, mais elle est coquette, et tient à sa beauté ; mais quand elle a joué le soir et répété tout le jour, elle doit te trouver parfois bien embêtant...

— Tu crois? fit naïvement Gérard qui s'imaginait pourtant connaître les femmes.

— Ah! dame! fit le pianiste, tu t'imagines donc qu'une femme de vingt-neuf ans aime à courir la poste sur la grande route de l'amour? Elle se ménage, mon cher, elle *steppe* et se dit qu'elle ne sera nullement fâchée d'être encore belle à quarante ans révolus.

— Donc, si tu veux garder Juliette, sois bon pour Clémence. C'est un conseil d'homœopathe que je te donne.

— Mais c'est abominable, ce que tu me proposes là! s'écria Gérard.

— Soit, mais c'est humain.

Et le joyeux pianiste quitta Gérard en lui laissant le cerveau tout imbibé de ces perfides théories.

17.

XVI

CANCANS

On comparerait volontiers le cœur humain à un sol infécond où le blé germe difficilement, tandis que l'ivraie y pousse à merveille.

On écoute un bon conseil avec des défiances infinies, mais un mauvais...

Le joyeux pianiste avait jeté dans le cœur et dans l'esprit de Gérard une semence fertile. La charge du petit bœuf avait porté ses fruits.

— Après tout, se dit Gérard le soir, je ne suis

pas marié avec Juliette!... et je n'ai pas fait de vœux éternels... Ah ! je sais bien que si elle devinait ma trahison je tomberais à ses genoux...

Mais la devinera-t-elle jamais?

C'est peu probable... D'ailleurs, je ne puis pas comme ça, de but en blanc, rompre avec Clémence.

Alfred a raison.

Cet aparté de Gérard, ce monologue qu'il se débita le soir, tandis que Juliette allait à son théâtre, devint sa règle de conduite à partir de ce jour.

Clémence vint répéter et demeura en possession du rôle.

Les anciens qui ont beaucoup parlé des mystères d'Isis et des fêtes nocturnes de l'île de Cythère ne savaient pas le premier mot de l'intérieur d'un théâtre.

La femme nouvelle, c'est-à-dire celle qu'on engage, si elle n'a aucune liaison connue au dehors devient tout de suite un point de mire.

Un coin du foyer, l'ombre d'un portant, l'abri d'un décor, tout est prétexte pour embrasser impunément la nouvelle camarade et lui glisser une déclaration dans le tuyau de l'oreille.

Dès le premier jour, Clémence reçut les hommages de tous, à commencer par le directeur qui ne soupçonna point les prétentions de Gérard.

Gérard qui, au fond du cœur, n'aimait pas Juliette et avait grand besoin de toutes les théories du pianiste Alfred pour se donner du courage, Gérard devint jaloux.

Clémence coquetait, Gérard enrageait.

Le troisième jour, le jeune premier lui dit :

— Cette petite Mortimer me plaît. Elle a du talent, j'ai mon idée...

Gérard pâlit et se mordit les lèvres jusqu'au sang; mais le jeune premier eut l'éveil

Le lendemain, on chuchota beaucoup au foyer.

— Savez-vous avec qui est Clémence? disait-on tout bas.

— Avec le directeur ?

— Non, avec Gérard.

— Gérard ?

— Oui.

— Et Juliette? dit Corinne, un grand premier rôle.

— Bah! répondit un comique, il fait si chaud ici qu'on se peut croire en Orient...

— Pays de la polygamie, ajouta une ingénue.

Le soir, Corinne dit à Gérard :

— Mon petit, vous ne vous cachez pas assez avec Clémence Mortimer.

Gérard tressaillit des pieds à la tête et regarda Corinne avec stupeur.

— Juliette saura tout au premier matin.

Gérard balbutia, nia faiblement, avoua ensuite avec fatuité et finit par supplier Corinne de ne rien dire.

Huit jours s'écoulèrent.

Pendant ces huit jours, si Gérard avait été maître de son esprit et de toute sa raison, il eût pu faire sur lui-même une jolie étude psychologique.

Jamais, certainement, il n'avait plus aimé Juliette.

Il montait bien tous les soirs rue de Laval, où Clémence arrivait furtive, encapuchonnée comme une femme honnête qui sort toute seule ; mais à onze heures moins un quart il la renvoyait avec une sorte de brutalité, car il allait chercher Juliette à son théâtre.

Juliette avait le calme de ces beaux lacs des Alpes dans les flots bleus desquels les glaciers étincelants mirent leur cime.

Vienne un souffle du vent des montagnes, et le lac se soulève, et le flot bleu devient gris, et la tempête éclate.

Gérard se faisait chaque soir cette comparaison et se disait qu'il voudrait Clémence à tous les diables.

Mais comment et pourquoi la quitter?

Elle avait accepté la suprématie mystérieuse de Juliette dont elle disait un bien infini ; c'était en se mettant à deux genoux que Gérard était parvenu à lui faire accepter quelque argent pour ses pressantes et cruelles nécessités...

Et puis, s'il abandonnait Clémence, tous les flâneurs de coulisses, tous les désœuvrés de théâtre n'étaient-ils pas là pour le ramener à ce sentiment si bête et si vrai de la jalousie qui puise sa force dans l'orgueil et non dans le cœur.

Les cancans, qu'on nous passe le mot, faisaient néanmoins leur chemin.

Du foyer, ils avaient gagné la salle, et de la salle le dehors.

Un soir, on avait jasé au café Véron du nouvel amour de Gérard.

Heureusement, S..., l'auteur dramatique, se trouvait là, et il avait imposé silence aux bavards.

Au reste, Juliette avait une telle besogne en ce moment, qu'on ne la voyait nulle part.

Elle créait un rôle important et la pièce devait passer dans quinze jours.

Or, ce n'était certes pas à son théâtre que Juliette pouvait rien apprendre, bien que l'on y sût tout. Elle était adorée de ses camarades et tous, en son absence, avaient fait le serment de ne rien laisser arriver jusqu'à elle.

Au théâtre où l'on répétait la pièce de Gérard, c'était autre chose.

Il y avait là quelques amies de Léocadie la Rousse, et quelques hommes tombés sérieusement amoureux de la belle Clémence Mortimer.

Un jour, comme on commençait les répétitions d'ensemble avec les décors, un garçon de théâtre vint parler mystérieusement à Clémence qui sortait de scène.

Gérard fronça le sourcil et la suivit.

Il la vit décacheter une lettre d'une main fiévreuse et s'approcha d'elle.

A sa vue, Clémence cacha précipitamment la lettre dans son corsage.

L'occasion de faire une scène était trop belle pour que Gérard s'en privât.

Il fut niais et malhonnête ; Clémence émue, digne, mystérieuse.

— Mon ami, lui dit-elle enfin, quand je suis allée à vous, pleine de confiance, je vous ai dit que j'avais été très-malheureuse. J'ai un horrible secret dans ma vie, ne me le demandez pas.

Gérard insista pour voir la lettre, Clémence parla nettement de rupture.

Gérard oublia toute retenue et sortit du théâtre avec éclat.

Il se jeta dans une voiture et arriva à Passy. Juliette l'attendait pour dîner.

— Mon ami, lui dit-elle, Paul D..., qui joue tous les soirs, est malade; on a changé le spectacle, j'ai ma soirée, que ferons-nous?

— Ah! dit Gérard troublé, car il songeait que sans doute Clémence ne manquerait point de venir rue de Laval. Mais Juliette, qui se souvenait du bonheur que Gérard avait de passer toute une soirée avec elle jadis, ne prit garde à son embarras et lui dit :

— Veux-tu que nous allions entendre de la bonne musique quelque part, à l'Opéra-Comique ou aux Italiens?

— Je veux bien, répondit Gérard.

Et ils partirent.

Ni elle ni lui ne prirent garde à deux jeunes

gens qui, en les voyant passer sur le boulevard, dans une voiture découverte, quittèrent le café Riche devant lequel ils étaient assis et entrèrent avec eux au bureau de location de la salle Favart, où l'on donnait *Zampa* ce soir-là.

Gérard prit une loge découverte ; les deux jeunes gens louèrent deux fauteuils de galerie et, par une singulière coïncidence, ils se trouvèrent placés tout à côté de la loge de Juliette.

Au premier entr'acte, l'attention de Gérard fut éveillée par un nom que prononcèrent les deux jeunes gens : Clémence!

— Qu'en as-tu fait? demandait l'un.

— Mon cher, répondit l'autre, les femmes sont pour nous quelque chose qui ressemble aux oiseaux de passage.

— Ah !

— Au printemps, j'ai ouvert la cage et l'oiseau s'est envolé. J'avais, du reste, achevé de croquer mon troisième oncle ; et, pour continuer la comparaison, tu sais que les oiseaux émigrent lorsqu'ils n'ont plus à becqueter. Mais, mon quatrième oncle étant mort...

— Le grain est revenu ?

— Justement, et je l'ai fait savoir à Clémence.

18

Gérard était au supplice. Il y a pourtant bien des femmes qui se nomment Clémence, mais quelque chose lui disait que c'était de la sienne, de Clémence Mortimer qu'on parlait.

Juliette était ce qu'on nomme au théâtre une *gobeuse*; elle s'amusait pour son argent au spectacle et n'avait pas entendu un mot de la conversation des deux gandins, pas plus qu'elle n'avait remarqué la pâleur subite de Gérard et le frémissement de ses narines.

— Et où est-elle donc maintenant? dit celui qui, le premier, avait parlé de Clémence.

— Elle va jouer la comédie.

— Ah! et elle est toujours dans l'embarras?

— Elle vit de coquilles de noix.

— C'est peu, d'autant mieux qu'elle avait un bon estomac, n'est-ce pas?

— Mes deux derniers oncles y ont passé.

Les trois coups du régisseur interrompirent cette conversation, et, pendant trois quarts d'heure, Gérard rongea sa moustache avec fureur.

Il se souvint de la lettre que Clémence avait reçue pendant la répétition.

Dans l'entr'acte suivant, les deux jeunes gens sortirent.

— Ne vas-tu pas faire un tour? dit Juliette à Gérard. Gérard n'attendait que cette permission. Il sortit. Comme il franchissait le seuil de la loge, Juliette ajouta :

— Tu m'apporteras une orange. J'ai soif.

Gérard s'en alla droit au foyer où les deux gandins se promenaient en lorgnant les femmes.

Il s'approcha et leur dit :

— Je vous demande mille pardons, messieurs, mais l'un de vous ne connaît-il pas une femme qu'on appelle Clémence Mortimer?

L'un des jeunes gens répondit avec une courtoisie parfaite :

— Certainement, monsieur, Clémence a été ma maîtresse pendant six mois.

Gérard devint livide, mais il se borna à répondre :

— En êtes-vous bien sûr, monsieur?

Le gandin ne se fâcha point :

— Monsieur, répondit-il, n'étiez-vous pas, tout à l'heure, dans une loge découverte?

— En effet...

— Auprès d'une jeune et jolie femme qui a autant d'esprit que de talent et qu'on appelle Juliette?

Cet éloge de Juliette calma momentanément Gérard :

— C'est vrai, monsieur, dit-il.

— Or, poursuivit le gandin, vous devez être M. Gérard?

Gérard s'inclina.

— Et si j'avais dit un mot sur mademoiselle Juliette, que vous aimez et qui vous aime, vous auriez parfaitement le droit de me répondre, comme vous l'avez fait à propos de Clémence. Mais monsieur, poursuivit le gandin, l'homme qui a une femme ne doit point se battre pour sa maîtresse, et celui qui, comme vous, est l'heureux amant de Juliette ne saurait jouer à l'Othello à propos de Clémence Mortimer.

— Monsieur ! exclama Gérard, prenez garde !

— A quoi ? fit le gandin, qui avait le flegme d'un joueur de whist.

— Qui vous dit que je n'aime pas Clémence Mortimer?

— Trois choses : la première, c'est votre présence ici; on peut avoir deux femmes, on n'en aime qu'une.

— Vous croyez! fit Gérard stupéfait.

— La seconde, c'est que Clémence n'aurait pas

eu besoin de vous demander à quitter Juliette, si
vous l'aimiez réellement, et vous n'y pensez pas.

— J'attends la troisième raison, dit froidement
Gérard.

— C'est que Clémence est une jolie fille qui ment
à ravir, joue l'honnêteté au naturel et que vous
avez la main beaucoup trop douce pour elle.

— Monsieur, dit Gérard, vous êtes un homm
d'infiniment d'esprit, et, une conversation en plei
air, de bonne heure, ne me déplairait pas.

Le gandin sourit :

— Je vais vous faire un million d'excuses, dit-il,
la conversation que vous me demandez est impossible pour demain.

— En vérité ! fit Gérard, d'un ton railleur.

— Je prends un bain de lait tous les mercredis,
entre neuf et dix heures. C'est le jour de mon pe-
dicure et de mes créanciers. Je reçois ces derniers
en me faisant tailler les ongles. Mais le jeudi je
n'ai rien à faire.

— J'attendrai, dit Gérard.

— Que pensez-vous du pistolet, monsieur ? reprit le gandin. N'est-ce pas que c'est une arme de
pharmacien ?

Gérard sourit.

18.

— Je suis de votre avis, dit-il.

-- Mais l'épée ne vous déplaît pas?

— Au contraire, mes amis que j'aurai l'honneur de vous envoyer vous la proposeront.

— En achevant ces mots, le gandin remit sa carte à Gérard qui lut :

PAUL GANTOIS
ATTACHÉ D'AMBASSADE
5, rue Laffitte.

Les futurs adversaires se saluèrent, et Gérard dévalisa le buffet pour Juliette.

XVII

LÉOCADIE LA ROUSSE AU PRINCE KARINOFF

« O mon prince adoré ! pourquoi te caches-tu ?
C'est vous dire, cher mendiant d'amour qui tend
la main sans cesse et à qui on ne donne pas encore,
que nous vous savons à Paris.

« Le bel hôtel de l'avenue lord Byron est clos ;
au club on n'a nulle nouvelle de vous ; mais Léocadie a sa police, et la police de Léocadie vous a
découvert dans un hôtel garni de la rue de Rivoli.

« Chaque soir, entre cinq et six heures, abrité

derrière vos persiennes, vous voyez passer Juliette se rendant à son théâtre, en victoria.

« Continuez à tendre la main, mon prince adoré, mon beau Cosaque des bords de l'Ukraine, l'heure de l'aumône n'est pas loin.

« Demain, peut-être, Juliette et Gérard auront rompu avec éclat.

« Gérard va se battre pour une femme, et cette femme n'est pas Juliette... Comprenez-vous ?

« Votre mougick femelle,

« LÉOCADIE. »

XVIII

JALOUSIE

Dans la journée du lendemain, Gérard alla, comme de coutume, à la répétition.

Clémence lui apparut calme, souriante, radieuse comme l'innocence elle-même.

Et au moment où elle sortait de scène Gérard l'aborda :

— Clémence, lui dit-il, oseriez-vous me faire un serment?

Elle leva sur lui de grands yeux étonnés.

— Connaissez-vous M. Paul Gantois?

Elle pâlit :

— Ah ! le misérable, dit-elle.

— Vous l'avez aimé ?...

Elle baissa la tête et une larme tomba de ses yeux.

— Pourquoi l'appelez-vous misérable?

— Parce qu'il m'a abandonnée lâchement.

— Est-ce lui qui vous a écrit hier?

— Oui.

— Merci de votre franchise, et pardonnez-moi d'avoir douté de vous.

Mais comme il faisait un pas en arrière, elle lui prit vivement la main :

— Gérard, dit-elle, quittez-moi, ne me revoyez pas...; je porte malheur à qui m'aime..., je suis une créature maudite.

Mais Gérard répondit avec la bêtise de l'enthousiasme :

— Demain, je tuerai un homme.

L'avertisseur appela Clémence qui entra alors en scène.

Gérard, qui avait des chaleurs inusitées au cœur et dans la gorge, s'en alla au foyer où quelques-unes de ces dames tricotaient paisiblement en attendant que ce fût leur tour de répéter.

Parmi elles se trouvait cette jolie fille dont le directeur fantasque n'avait point voulu pour le rôle de Cornélia et qui attendait, souriante et calme, que l'heure de la justice revînt pour elle.

En voyant Gérard, elle lui fit un petit signe amical.

— Venez vous asseoir là, dit-elle, j'ai beaucoup de choses à vous dire.

— De quoi s'agit-il? dit Gérard.

— Tout à l'heure... quand nous serons seuls...

On répétait le quatrième acte, à la fin duquel tous les acteurs se trouvaient sur scène.

Marie Bernier, c'était le nom de la jeune première, se trouva seule alors avec Gérard et lui dit:

— Mon cher auteur, est-ce que vous aimez vraiment Clémence Mortimer ?

— Je ne sais pas, repondit Gérard, qui tressaillit à cette question.

— Et Juliette ?

Il eut un battement de cœur, une minute de sincérité et de remords :

— Ah ! fit-il, pouvez-vous me le demander?

— Eh bien ! reprit Marie Bernier, vous êtes un grand enfant, car vous jouez l'amour de Juliette sur un coup de dés.

— Que voulez-vous dire?

— Vous vous battez demain… au bois de Meudon, à huit heures du matin.

— Comment le savez-vous?

— Je sais bien d'autres choses encore, et je vais vous donner un bon conseil. Vous avez fait vos preuves, vous êtes réputé brave et votre courage ne sera point soupçonné. Rentrez chez vous, écrivez à votre adversaire que vous ne voulez pas être plus longtemps le jouet de la comédie tramée contre vous et que vous renoncez à toute rencontre.

Gérard fit un soubresaut sur la banquette où il était assis.

— De quelle comédie parlez-vous? dit-il.

— Mon, ami, répliqua Marie Bernier, je vous en ai dit assez pour aujourd'hui. Aller plus loin serait trahir des secrets qui ne m'appartiennent pas; mais, croyez-moi, le conseil que je vous donne est bon.

Gérard stupéfait rejoignit Clémence; mais Clémence lui dit :

— Attendez-moi ce soir, rue de Laval, je vous dirai tout.

Et elle s'échappa, et Gérard ne la revit point.

Comme il quittait le théâtre, le joyeux pianiste l'aborda sous le péristyle.

Alfred était un des témoins choisis par Gérard, pour la rencontre du lendemain.

— Mon cher bon, lui dit-il, je crois que tu t'es embarqué un peu à la légère hier, dans cette affaire de duel.

— Comment cela?

— Ce monsieur Paul Gantois, tout attaché d'ambassade qu'il est, me fait l'effet d'un aventurier. Il occupe deux mansardes, rue Laffitte, il n'est d'aucun cercle et on ignore l'ambassade à laquelle il appartient.

— Peu m'importe! dit Gérard avec rage, je me battrai!...

Puis il écrivit à Juliette:

« Je suis à Paris, je rentrerai ce soir de bonne heure. »

Gérard avait la rage au cœur, il voulait avoir une explication avec Clémence Mortimer.

Il avait dîné avec Alfred.

Celui-ci le suivit rue de Laval, promettant de s'en aller aussitôt que Clémence arriverait.

Mais les heures s'écoulèrent et Clémence ne vint pas.

— Ma parole d'honneur, dit le pianiste, j'ai
envie d'aller chercher Juliette, car je crois que tu
deviens fou !

. . . .

Cependant Juliette attendait.

Il y a dans la vie ordinaire des circonstances ba-
nales qui prennent tout de suite des proportions
dramatiques.

Gérard avait écrit à Juliette et confié sa lettre à
un commissionnaire ; il avait eu le tort de s'adres-
ser à un commissionnaire qui passait, au lieu de
le prendre au coin de la rue.

Puis il lui avait payé sa course.

Le commissionnaire avait gardé l'argent et mis
la lettre à la poste. Ce qui fait qu'à dix heures du
soir Juliette attendait encore Gérard pour dîner.

Un bruit se fit à la grille, une voiture s'arrêta.

— C'est lui ! pensa Juliette, qui se leva pour
aller à sa rencontre.

Mais ce fut une femme qui sortit de la voiture.

Cette femme, c'était Clémence.

La femme de chambre de Juliette était venue
éclairer.

Un rayon du flambeau tomba d'aplomb sur le
visage de la Cornélia si longtemps rêvée par le ca-

pricieux directeur, tandis qu'elle traversait le jardin, et Juliette éprouva une sensation étrange, indéfinissable.

Dans cette femme, elle devinait une rivale.

Clémence s'était fait une physionomie tourmentée et fatale.

— Madame, dit-elle en entrant précipitamment dans la maison, pardonnez-moi d'entrer ainsi chez vous, mais je suis à moitié folle.

Il y avait au rez-de-chaussée de la maison une petite pièce dont Gérard avait fait son cabinet de travail et dans laquelle Juliette avait coutume de se tenir le soir, quand elle étudiait. Clémence y entra tout droit et se laissa tomber sur un siége.

Juliette prit le flambeau des mains de sa femme de chambre et renvoya cette dernière. Puis elle posa le flambeau sur une table, ferma la porte et vint se placer devant Clémence, qui jetait autour d'elle des yeux hagards.

— Qui êtes-vous, madame, lui dit-elle avec douceur, et que me voulez-vous?

— Je suis à moitié folle, répéta Clémence.

— Je le croirais sans peine, madame, dit Juliette avec calme, mais comme ma maison n'est pas un hospice d'aliénés...

— Ah! s'écria Clémence, vous ne devinez donc pas?

— Je ne devine absolument rien.

— Mais vous ne savez donc pas qui je suis?

— Je vous vois pour la première fois.

— Je m'appelle Clémence Mortimer.

— Voilà un nom que je n'ai jamais entendu prononcer.

Clémence se tordit les mains.

— Mon Dieu! mon Dieu! mais elle ne sait rien, murmura-t-elle. Comment lui dire?...

Juliette pressentait quelque horrible chose, mais c'était la femme forte par excellence et son visage demeura calme.

— Je suis la maîtresse de Gérard, dit enfin Clémence.

Juliette chancela; elle reçut un choc électrique au cœur et dans tout son être, mais en ce moment Dieu lui accorda une force surhumaine.

— Ah! dit-elle, vous êtes la maîtresse de Gérard?

— Oui, dit Clémence en baissant les yeux.

— Depuis quand?

— Mais... depuis quinze jours... depuis que je répète dans sa pièce...

Ces mots ouvrirent à Juliette un horizon; elle

se rappela les tristesses, les fièvres, les soubresauts du caractère de Gérard depuis quelques jours.

Puis elle regarda Clémence attentivement, sans colère.

— Vous êtes belle! dit-elle; Gérard est un homme de goût.

— Ah! madame, murmura Clémence, joignant les mains et glissant aux genoux de Juliette, sauvez-le, au nom du ciel!

Juliette tressaillit.

— Le sauver! dites-vous, il court donc un danger?

La torpeur où cette étrange révélation avait plongé son cœur se dissipa.

Elle saisit violemment la main de Clémence et lui dit :

— Quel est ce danger?

— Il se bat.

— Quand?

— Demain.

— Avec qui?

— Avec un homme qui a été mon amant... et avec qui il s'est pris de querelle hier, dans un entr'acte, à l'Opéra-Comique.

Juliette se souvint, en effet, que Gérard était rentré dans la loge un peu ému.

19.

— Ah! dit-elle, et c'est pour vous qu'il se bat?

Clémence baissa de nouveau les yeux et se tut.

— Que voulez-vous donc que je fasse? murmura Juliette qui se sentait mourir.

— Sauvez-le!

— Comment?

— En l'empêchant de se battre.

— C'est vous qui pouvez cela, et non moi.

Clémence avait pris l'habitude de se tordre les mains, et s'en tirait fort bien, du reste; elle poussait au besoin de petits cris gutturaux, et versait des larmes grosses comme celles d'un cerf aux abois.

Juliette la releva et lui dit :

— Vous l'aimez donc bien?

Clémence ne s'attendait pas à cette question.

— Mais vous aussi, lui dit-elle, vous l'aimez...

— Oh! moi dit froidement Juliette, c'est fini.

Un éclair passa dans les yeux de Clémence et dura ce que dure un éclair ; mais il brûla ceux de Juliette.

Elle reçut au cœur un nouveau choc électrique, et quelque chose lui dit que Clémence mentait.

La nouvelle Cornélia répétait :

— Sauvez-le! Sauvez-le!...

Mais Juliette calme, froide, impassible, répondit :

— Gérard a beaucoup de courage, il tire fort bien l'épée et le pistolet.

— L'autre est un duelliste de profession, ajouta Clémence.

Aucun muscle du visage de Juliette ne bougeait.

— C'est à vous, et non à moi, d'empêcher cette rencontre, dit-elle enfin.

— Ah! vous ne l'aimez plus ! s'écria Clémence.

— C'est mon droit, et je vais vous le prouver.

Clémence se releva et son regard, son geste, son attitude, exprimèrent une anxiété visible.

— Tenez, dit Juliette, il est probable que Gérard va revenir ici; il est brave avec les hommes, lâche avec les femmes, et il n'ose pas me quitter. Je vais partir, moi.

— Que dites-vous?

— Cette maison est à lui. Je vous cède la place.

— Oh ! madame...

— Ma femme de chambre, qui va m'accompagner à Paris, reviendra demain chercher ma garde-robe et mes bijoux.

— Et vous voulez que je reste ici, moi?

— Sans doute, vous n'avez pas d'autre moyen

de voir Gérard avant demain matin et d'empêcher
ce duel.

En parlant ainsi, Juliette avait jeté un châle sur
ses épaules et cherchait son chapeau.

Chose assez singulière, les yeux de Clémence
étaient devenus secs ; elle ne pleurait plus, elle ne
se tordait plus les mains.

Juliette allait et venait dans le cabinet de travail, et paraissait rassembler divers objets, mais
son regard ne quittait pas une glace dans laquelle
se reflétait le visage de Clémence tout entier
dans le cercle de lumière produit par le flambeau
placé sur la table.

Tout à coup un sourire vint aux lèvres de Juliette :

— Ma belle rivale, dit-elle, vous me ferez bien
une confidence, n'est-ce pas ? où donc voyez-vous
Gérard ?

— Au théâtre, madame.

— Bon !... mais... après ?...

— Chez lui... rue de Laval... le soir...

— Oui, pendant que je jouais.

Juliette, alors, eut un nouvel éclat de rire et
vint se placer devant Clémence un peu interdite de
ce brusque revirement.

— Ma petite, lui dit-elle, je crois que vous n'êtes pas assez forte pour moi.

Clémence se redressa comme si elle eût vu surgir devant elle la tête triangulaire d'une vipère.

— Vous, dit Juliette, vous n'aimez pas Gérard, d'abord.

— Madame...

— Ensuite, la scène étrange que vous êtes venue me faire me prouve que vous êtes un instrument.

Ce mot fit pâlir Clémence.

— Écoutez, reprit Juliette, il y a un an que toutes mes bonnes camarades se sont liguées avec tous les gandins de la terre pour me séparer de Gérard...

— Je ne vous comprends pas, madame, balbutia Clémence.

Mais Juliette ferma la porte à double tour et mit froidement la clef dans sa poche.

— Vous ne sortirez pas d'ici, dit-elle, que vous ne m'ayez tout dit.

— Vous êtes folle, madame, et la jalousie vous aveugle, dit Clémence qui essaya de payer d'audace; je n'ai rien à vous dire, si ce n'est que j'aime Gérard.

— Que feriez-vous donc pour le lui prouver?

Clémence retrouva les accents passionnés de Cornélia.

— Je mourrais pour lui s'il le fallait! dit-elle.

— Eh bien, répondit Juliette, il le faut!

Le dimanche, Juliette et Gérard s'amusaient à tirer le pistolet avec des armes de salon.

Clémence n'avait fait nulle attention à deux mignons pistolets qui étaient accrochés au-dessus du piano.

Juliette, la femme calme et tranquille, fit un bond vers ce meuble, décrocha les deux pistolets et revint vers Clémence qui poussa un cri d'effroi.

— Ma petite, reprit Juliette, je suis froide à la manière des volcans dont le cratère est couvert de neige. Depuis un quart d'heure que vous êtes ici, je songe à vous tuer.

— Madame... prenez garde!... Vous êtes folle!... balbutia Clémence qui avait peur tout de bon, tant il y avait de résolution calme dans le regard et l'attitude de Juliette.

Cette dernière poursuivit :

— Vous aimez Gérard, moi aussi. Nous sommes seules ici. Le domestique est sorti, la maison est isolée, et ma femme de chambre, quand même vous appelleriez au secours, ne viendrait pas. D'ailleurs les pistolets de salon ne font pas de bruit.

— Mais vous voulez donc m'assassiner ! s'écria Clémence épouvantée.

— Non, je veux me battre avec vous. Si vous n'aimez pas Gérard, je vais vous jeter à la porte ; mais si vous l'aimez, il faudra acheter le droit de le conserver.

Et Juliette tendit un des pistolets à Clémence, ajoutant :

— Nous allons faire feu en même temps!...

Clémence poussa un cri, recula encore et ne prit pas le pistolet !

— Ah ! murmura-t-elle d'une voix fiévreuse, cette femme est folle !

Elle entendit un bruit sec et métallique, c'était Juliette qui armait son pistolet :

— Si vous ne me dites pas la vérité, ajouta cette dernière, je vous tue !

Clémence tomba à genoux.

— Grâce ! dit-elle.

— Vous n'aimez donc pas Gérard ?

Elle ne répondit pas et demeura à genoux suppliante.

— Mais osez donc l'avouer ? dit Juliette.

— J'avais fait un pari... j'ai cru le gagner... balbutia Clémence Mortimer.

— Avec qui?

— Avec Léocadie.

Ce nom fut un trait de lumière pour Juliette.

— Ah! dit-elle, je comprends tout. C'est encore la conspiration des gandins.

Puis elle eut un rire nerveux:

— Dites donc, ma petite, fit-elle, vous jouez trop bien la comédie pour n'avoir pas vu une foule de mélodrames; il n'en est pas un où il n'y ait cette scène : un homme dit à un autre : « Si vous savez une prière, faites-la, car je vais vous tuer!... » Eh bien! ma petite, poursuivit Juliette, j'ai bonne envie de faire du mélodrame réel. Je suis un peu blasée, j'ai trente ans. Je n'aimais au monde qu'un homme, Gérard, et, grâce à vous, il m'a trompée. Si je vous tuais là? Qu'en pensez-vous? J'ai joué la comédie quinze ans pour me faire une réputation. Je tiens une célébrité dans la main. Si je vous tue, je passe immortelle dans les fastes du monde galant et le jury m'acquittera, soyez-en sûre!...

Juliette ne riait plus; elle parlait avec le sang-froid terrible de la femme qui, ayant perdu son bonheur, est décidée à tout.

Clémence comprit que le moment était solennel.

— Madame, dit-elle, si vous voulez me pardonner, je vous jure que je quitterai Paris, que je ne reverrai jamais Gérard.

Juliette releva son pistolet.

— Ah! vous partirez? dit-elle.

— Oui.

— Quand?

— Quand vous voudrez

— Et où irez-vous?

— Où il vous plaira de m'envoyer. Dans mon pays, si vous voulez, car je suis Anglaise.

Juliette la regarda.

— Avez-vous de l'argent? dit-elle enfin.

— On m'en avait promis.

— Ah! oui, Léocadie... dit Juliette avec amertume. Mais, vous n'avez donc personne, à Paris, autre que... Gérard?

Clémence avoua tout.

Quand elle avait rencontré Léocadie, elle n'avait ni argent, ni amant, ni ressources d'aucune espèce. Léocadie lui avait improvisé une mère aveugle et lui avait promis dix mille francs si elle arrivait à détacher Gérard de Juliette.

— Et cet homme avec qui Gérard doit se battre demain ? demanda Juliette.

— Je ne le connais pas, répondit Clémence. Je sais seulement qu'il s'appelle Paul Gantois. Tout cela est un coup monté.

— Venez avec moi, dit Juliette. Je vous pardonne.

— Où me conduisez-vous ? demanda la jeune fille avec un reste d'effroi.

— A Paris.

— Mais... il est tard... fit Clémence, et il va venir, lui...

Juliette prit une plume et laissa sur la table le billet suivant :

« Mon ami,

« Aspasie est malade et m'envoie chercher. Je « reviendrai peut-être cette nuit, sinon à demain « onze heures pour déjeuner. »

Clémence avait oublié de renvoyer la voiture qui l'avait amenée.

Les deux femmes y montèrent et prirent la route de Paris.

Une heure après, Clémence Mortimer était en route pour l'Angleterre.

XIX

BOURREAU DES CRANES

Il était une heure du matin, les cafés des boulevards fermaient, les passants devenaient rares et la double guirlande de gaz qui s'allonge de la Madeleine à la Bastille s'effaçait à demi dans le brouillard.

Comme il faisait froid, les flâneurs ordinaires, ceux qui ne rentrent que lorsqu'il est devenu impossible de se procurer du feu pour allumer son cigare, marchaient à grands pas, les mains dans leurs poches.

A la hauteur de la rue Taitbout, un homme, jusque-là immobile, se détacha de la devanture de Tortoni et alla rapidement à la rencontre d'un autre homme qui sortait d'une maison située au milieu de la rue et l'aborda avec ce mot unique :

— Eh bien?

— Mon bon ami, répondit l'autre, ton affaire est délicate.

— Hein?

— Allons chez toi! je te conterai cela.

C'étaient deux jeunes gens, dont la mise annonçait la grande bohème dorée qui soupe toujours et déjeune rarement, chasse habilement l'usurier, dépiste le créancier, flaire volontiers les femmes, et attend sans cesse un héritage qui ne viendra jamais.

Ils se prirent par le bras, gagnèrent la rue Laffitte, s'engouffrèrent sous la porte aristocratique du numéro 5, traversèrent la cour princière de cette belle maison et s'enfilèrent modestement dans un escalier de service qui mit ses sept étages à leur disposition.

Au nombre des roueries innocentes de ceux qui mènent à Paris une existence problématique, il faut classer celle du logement. On habite une chambre de domestique sous le zinc, mais on est toujours sorti, et la carte de visite, glacée et souvent ornée d'un tortil, porte ces mots :

LE BARON ***

Rue de la Paix ou rue Laffitte.

Jamais le concierge ne laisse monter le visiteur qui donne tout de suite, à vue de nez, trente ou quarante mille livres de rente au visité.

Au septième étage, — l'escalier finissait là, — l'un des jeunes gens tira une clef de sa poche, ouvrit une porte et dit :

— Je crois que je n'ai plus de bougie.

— J'ai des allumettes dans ma poche, répondit l'autre.

Les deux jeunes gens entrèrent, et, à force de chercher, le maître du logis finit par trouver un bout de bougie.

Le logis se composait d'une pièce unique où se trouvaient mis en scène de leur mieux quelques meubles qui témoignaient d'une splendeur évanouie.

Au pied du lit capitonné, mais veuf de ses rideaux, il y avait un portemanteau à têtes rondes auxquelles étaient accrochées les différentes pièces

20.

d'une garde-robe élégante : habits bleus et noirs, gilets en cœur, pantalons gris perle, faux-cols magnifiques, cravates ébouriffantes, pardessus d'alpaga blanc, dont la boutonnière était ornée de rubans multicolores.

La défroque, en un mot, d'un homme qui fait figure sur le boulevard.

— Mon cher, dit celui des deux jeunes gens qui était allé à la rencontre de l'autre dans la rue Tait-bout, si je n'étais pas traqué, poursuivi, aux abois comme je le suis, je ne me serais pas embarqué dans cette sotte affaire. On m'a offert dix mille francs pour égratigner ce garçon, c'est fort bien ; mais si je suis tué...

— Ah! dame! répondit le visiteur, car c'était M. Paul Gantois, le maître du logis, qui venait de parler ainsi, je dois t'avouer, mon cher bon, que je sors de la salle d'armes de Raimondi où ton adversaire est venu se refaire la main.

— Eh bien?

— Il a un jeu qui n'est ni brillant, ni classique, mais extrêmement dangereux. C'est un fouillis de parades, un désordre de ripostes, un déluge de coups imprévus et rapides... et avec ça un sang-froid parfait, une excellente tenue sous les armes.

M. Paul Gantois écoutait le sourcil froncé.

— Mais, mon bon ami, reprit son interlocuteur, laisse-moi te faire une question.

— Parle...

— Comment se fait-il que tu te sois battu cinquante fois au moins à Toulouse, et que tu sois si préoccupé d'un petit coup d'épée à Paris ?

Un sourire vint aux lèvres du prétendu attaché d'ambassade.

— Ah ! là-bas, dit-il, j'étais sûr de mon affaire.

— Comment cela ?

— Tu sais que je suis très-fort. J'avais dix ans de salle, dix ans d'École de droit ; je n'étais nullement querelleur et j'avais trouvé le moyen de me faire la réputation d'un homme avec lequel on ne croise pas le fer volontiers.

« Un jour, je reçus un soufflet. Le lendemain, j'eus la chance funeste de tuer mon adversaire. C'était un maladroit, qui ne savait absolument rien. Néanmoins, j'éprouvais une si grande émotion de cette rencontre, que j'en fis une maladie de trois semaines.

« Quand je quittai mon lit et reparus pour la première fois au café du Capitole, je fus accueilli avec un tel respect, que je n'hésitai pas à me poser en bourreau des crânes.

« Huit jours après, je vis arriver chez moi un tout jeune homme, étudiant de première année, qui me dit fort naïvement :

« — Monsieur je ne suis ni brave, ni querelleur, et j'ai le malheur de m'appeler Robinet. Il parait que ce nom-là est grotesque, car on se moque de moi. Il m'est venu une idée, vous n'êtes pas riche, vous êtes même endetté, — pardonnez-moi le mot, — si vous vouliez vous battre avec moi et me donner un coup d'épée dans l'avant-bras, très-léger, bien entendu, on me laisserait désormais tranquille et je vous donnerais volontiers un billet de mille francs. »

« Le marché était superbe, j'acceptai.

« Le soir je cherchais querelle au petit Robinet, qui fut d'une crânerie parfaite, et, le lendemain, après avoir reçu son coup d'épée, il fut pris au sérieux.

« Donc, tu comprends maintenant, n'est-ce pas? J'ai donné cinquante coups d'épée en échange de cinquante billets de mille ou de cinq cents francs, et il y a dans le midi cinquante notaires, avoués ou avocats qu'on salue avec respect, parce qu'ils ont eu l'audace de se battre avec le terrible Paul Gantois.

— Ma foi ! dit le visiteur en riant, je comprends

qu'un duel sérieux te chagrine quelque peu. Mais
pourquoi, diable, aussi, as-tu quitté Toulouse pour
venir mourir de faim à Paris?

— C'est que ma mèche était éventée. On avait
fini par deviner ma ficelle et je ne trouvais plus de
clients. J'ai essayé de recommencer ici mon petit
commerce; mais les Parisiens sont malins; on ne
se bat ici ni pour une femme ni pour une partie de
billard ou de dominos. J'ai joué, je file assez bien
la carte; mais on est plus fort que moi dans une
foule de maisons bien fréquentées. Et puis j'ai eu
une vilaine histoire.

— De jeu?

— Naturellement.

— Dans une maison honnête, chez une vieille
barone allemande, où je m'étais fait présenter.

— Ah! on t'a pincé.

— J'avais des cartes dans ma manche; on m'a
surpris laissant tomber un roi de carreau, et un des
invités m'a prié poliment de sortir. Cela n'a pas fait
grand bruit, du reste; ces gens-là, Russes et Anglais pour la plupart, ont été fort convenables; il
y en a même un, celui qui m'avait prié de sortir,
qui, huit jours après, sur le boulevard, a eu la politesse de me rendre mon coup de chapeau.

— Tout cela, reprit l'ami de M. Paul Gantois, ne
me dit pas comment tu t'es chargé de tuer, ou
tout au moins de blesser grièvement ce petit feuilletoniste.

— Ah! soupira Paul Gantois, figure-toi que j'ai
rencontré une certaine Léocadie qui, il y a cinq
ans, est venue à Toulouse, où elle s'était amourachée d'un étudiant. C'était au temps de ma grande
prospérité, et, pour Léocadie, je suis toujours le
brave des braves.

— Bon! et elle t'a offert dix mille francs pour
parler d'une certaine Clémence que tu n'as jamais
vue à M. Gérard que tu voyais pour la première fois?

— Justement; dame! dix mille francs, c'est un
joli sac; et puis, on m'avait dit que les artistes et
les gens de lettres ne sont pas ferrailleurs : je t'a-
vouerai même que j'ai espéré que ce monsieur me
ferait des excuses.

— Oui, mais comme il n'en a pas fait, il faut y
aller gaiement.

— Hélas! Ah! si j'avais seulement dix louis pour
filer...

— Tu as donc bien le *trac*?

— Entre nous, j'aimerais autant autre chose...

— Bah! fit l'ami, c'est un mauvais moment à

passer. Et puis, songe qu'avec ces dix mille francs nous pouvons aller faire sauter la banque à Hombourg.

— C'est juste... murmura Paul Gantois en se mettant au lit.

— Bonsoir, dit l'ami. Je vais aller faire un whist dans une bonne maison et je serai à ta porte demain, à sept heures, avec la fameux *capitaine* et les épées.

L'ami posa, en prononçant ces mots, la main sur la clef de la porte que Paul Gantois avait mise en dedans.

Mais comme il allait sortir :

— Ah ! un détail encore ?

— Parle.

— Quel intérêt cette Léocadie a-t-elle à faire tuer ou blesser Gérard ?

— C'est bien simple, Gérard est aimé de Juliette.

— Bon !

— Et Juliette l'aime.

— Parfait !

— Gérard trompe Juliette avec Clémence ; on ne tient pas à ce que Gérard soit tué, mais à ce que Juliette sache qu'il s'est battu pour une autre femme.

— Très-bien.

— Ce qui fait que Juliette quittera Gérard.

— C'est probable.

— Et qu'elle ne résistera plus à l'amour d'un grand personnage, riche à millions, qui se meurt de consomption pour elle.

— Et c'est Léocadie qui tripote tout cela?

— Mais sans doute.

— Mon ami, dit l'ami, en s'en allant tout de bon, nous faisons-là un vilain métier, mais dame! après tout, il faut vivre...

XX

LA VEILLÉE DES ARMES

— Mon bon ami, disait le joyeux pianiste à Gérard, tandis qu'ils attendaient vainement Clémence rue de Laval, je t'ai donné un conseil excellent pour tout autre, et très-mauvais pour toi.

— Qu'entends-tu par là ?

— Je t'ai dit : « Si tu veux garder Juliette, sois bon pour Clémence. » N'est-ce pas ?

— Oui.

— Mais je ne t'ai pas dit : « Prends Clémence au sérieux. »

21

— Ah !

— Or c'est précisément ce que tu fais. Tu es jaloux, tu as la fièvre, tu t'agites comme un convulsionnaire. C'est bête !

— Ah ! dit Gérard avec colère, si elle ne revient pas ce soir, c'est qu'elle me trompe !

— Trouve-moi une femme qui ne trompe pas ? fit le pianiste avec philosophie.

— Juliette... je le jurerais !

— Mais tu aimes Clémence ?

— Non, je la hais.

— Ce qui est absolument la même chose.

— Non, dit Gérard, je te jure que c'est Juliette que j'aime !

— Mais tu te bats pour Clémence ?

— Il le faut bien, puisque j'ai provoqué ce monsieur.

— Or, ce monsieur, paraît-il, est un peu *défraîchi*.

— Que veux-tu dire par là ?

— Il ne sent pas bon, on ne sait pas d'où il vient, ni où il va.

— C'est un homme comme il faut.

— Soit ; mais s'il te tue, penses-tu que Juliette te pleurera beaucoup ?

Ces mots firent à Gérard l'effet d'une douche. Pendant deux minutes il se supposa grièvement blessé, rapporté chez Juliette éperdue, et mourant dans ses bras.

— Je suis un misérable, murmura-t-il enfin.

— Non, dit le pianiste, tu es un homme, voilà tout... Or, écoute-moi bien...

— Parle.

— Si tu t'étais contenté de tromper Juliette que tu aimes, pour Clémence que tu n'aimes pas, tu ne serais pas sorti de ton rôle d'homme. Mais non-seulement tu prends Clémence au sérieux, mais encore tu vas te battre pour elle. C'est idiot.

— Qu'aurais-tu fait à ma place?

— Rien du tout. La parole est d'argent, mais le silence est d'or, disent les Orientaux. Au lieu de cela, tu te poses en chevalier, tu demandes réparation pour la vertu de cette demoiselle — vertu tout au moins problématique — et la chose faite... tu viens attendre Clémence ici, dans le seul but de lui faire une scène de jalousie.

— Gérard regarda la pendule de son cabinet. La pendule marquait dix heures et demie.

— Je veux être sage, dit-il, allons-nous-en! je ne veux pas revoir cette femme.

— Tu la reverras forcément aux répétitions. Mais ce soir, je t'approuve.

— O Juliette, murmura Gérard que le remords prenait à la gorge, c'est pourtant bien toi que j'aime!

— Et, s'il en est ainsi, dit Alfred, il faut faire quelque chose pour elle.

— Que veux-tu que je fasse?

— Viens avec moi, je te le dirai.

Gérard était un être faible; il subissait facilement toutes les influences, qu'elles fussent bonnes ou mauvaises. Le pianiste l'entraîna hors de chez lui, appela une voiture de remise qui passait et l'y fit monter.

— A Passy, dit Gérard.

— Non, dit le pianiste, rue Taitbout.

— Où me conduis-tu?

— Chez Raimondi, le maître d'armes. Ne t'ai-je pas dit que tu devais faire quelque chose pour Juliette?

— Eh bien?

— Il faut te refaire la main, de façon à te conserver pour elle et ne pas te faire occire, mon bon.

Gérard se laissa conduire chez Raimondi.

Ni lui ni le joyeux pianiste ne remarquèrent

deux jeunes gens, assis devant Tortoni, fumant et causant en plein air, malgré la froidure.

L'un d'eux n'était autre que M. Paul Gantois, l'adversaire du lendemain.

Ce dernier, lui, reconnut Gérard et poussa le coude à son ami ; ce qui explique comment ce dernier, qui était un élève du célèbre professeur, put, quelques minutes après, assister à la leçon que prit Gérard.

Il était plus de minuit lorsque notre héros reprit le chemin de Passy.

Alfred avait, dans la journée, réglé les conditions de la rencontre du lendemain avec un officier de ses amis, dont le régiment était caserné à la Nouvelle-France.

On devait se battre à huit heures, dans le bois de Meudon.

Gérard, sous le prétexte d'aller déjeuner chez Alfred, à Auteuil, sortirait de chez lui à sept heures et monterait jusqu'au chemin de fer.

Là, il devait trouver Alfred avec son autre témoin, dans une voiture qui les conduirait à Meudon.

Gérard fut fort surpris de ne pas trouver Juliette ; mais la lettre que celle-ci avait laissée le rassura.

— Sans doute, pensa-t-il, respirant un peu, elle passera la nuit chez Aspasie. Je lui écrirai demain matin et j'esquiverai ainsi l'émotion de me séparer d'elle. Cependant, avant de se mettre au lit, il entra dans la chambre de Juliette, et son émotion fut si forte qu'il s'agenouilla au pied du lit de la jeune femme et se mit à pleurer.

Puis il baisa avec transport un mouchoir qu'elle avait laissé sur un meuble.

En ce moment, il ne songeait plus qu'à Juliette ; il avait oublié Clémence.

Il se coucha et dormit mal.

Pendant la nuit, il entendit du bruit et se leva précipitamment.

C'était Juliette qui rentrait.

Il fut tenté d'aller au-devant d'elle et de se jeter à ses genoux ; mais il eut la force de se contenir et se recoucha.

Juliette entra dans sa chambre, et la lumière qui se projetait sur les massifs du jardin s'éteignit.

A sept heures, Gérard était sur pied. La fenêtre de Juliette ne s'était point ouverte.

— Elle dort, pensa-t-il. Pauvre femme !

— Monsieur, lui dit la femme de chambre, madame est rentrée fort tard. Elle prie monsieur de ne pas l'éveiller.

Gérard se sauva comme un malfaiteur. Il avait eu peur d'être obligé d'embrasser Juliette avant de partir, et de mentir encore...

Et il s'en alla, ne se doutant point qu'en ce moment Juliette était agenouillée, tout en pleurs, devant le portrait de sa mère morte, qu'elle suppliait de prier pour Gérard dans le ciel.

XXI

LE COUPÉ BRUN

Si Gérard dormit mal, M. Paul Gantois, son adversaire, ne dormit pas du tout.

Le bourreau des crânes toulousain, très-ému de ce que lui avait dit son ami la veille, n'avait pas fermé l'œil.

Les premiers rayons du jour le surprirent maudissant la nature entière; car, enfin, il se pouvait faire que Gérard, qu'il ne connaissait pas quarante-huit heures auparavant, lui plantât six pouces de fer dans le corps, à propos de Clémence Mortimer qu'il n'avait jamais connue.

Son ami vint frapper à la porte de sa chambre comme six heures et demie sonnaient aux horloges voisines, car monsieur Paul Gantois, qui possédait une fort belle chaîne de montre en imitation, n'avait jamais eu ni montre, ni pendule.

Cet ami, déclassé de la vie parisienne, Paul Gantois ne le connaissait que depuis six mois. Ils avaient *triché* ensemble et s'étaient liés. On le nommait Charles Ritmel.

— Le capitaine est en bas, dit Charles, habille-toi et filons!

Qu'était-ce que le capitaine?

C'est ce qu'il nous faut vous dire.

Un peu au-dessus du rond-point des Champs-Élysées, à l'angle de l'avenue Marbeuf, il y a un café qui porte un nom chevaleresque : le café Marignan.

Un sportman ne s'y risque qu'avec un faux nez, car c'est le rendez-vous des maquignons du quartier.

Si vous voulez une rosse, on vous l'y vendra dans les cinq minutes.

Au milieu de cette population israélite, qui brocante la plus noble bête de la création, après et peut-être bien avant l'homme, un type étrange va et vient, quêtant un bock par ci, un verre de *vieille* par là.

On l'appelle le capitaine.

Où a-t-il servi? dans quelle armée? quelles sont ses campagnes?

Mystère!

Il porte à la boutonnière un ruban jaune, à liséré rouge; c'est un ordre aussi étranger que possible.

Il a un pantalon bleu, de grosses bottes, des éperons, une redingote boutonnée militairement, un chapeau tromblon, de grosses moustaches blanches et une canne qui ressemble au bâton de Robert Macaire.

Il monte admirablement à cheval et dresse les chevaux des maquignons.

Pour cent sous on achète le droit de lui faire casser les reins par un cheval vicieux.

Mais le capitaine est de la race des centaures, et quand il parle de *Chiron*, il dit « mon oncle! »

Il sert de témoin aux jeunes gens qui font leurs premières armes.

Il sait arranger un duel au premier sang.

Si un imbécile qui se marie est en quête d'un témoin, le capitaine est là !

Autrefois on l'invitait aux soirées intimes dans le monde élégant des marchands de chevaux. Un carrossier qui n'avait fait faillite que deux fois songeait même à lui donner sa fille ; mais on remarqua qu'il tournait le roi à tous coups et faisait trop souvent la vole, quand on jouait à l'écarté, et on mit plus de circonspection avec lui dans les rapports.

Or, le capitaine était l'homme qui devait servir de second témoin à M. Paul Gantois.

Ce dernier, sur l'invitation de son ami, se leva, fit sa toilette d'un air piteux, faillit oublier un faux-col en mettant sa cravate et poussa une demi douzaine de soupirs.

Mais, enfin, sa toilette terminée, il se laissa entraîner et descendit.

Le fiacre était à la porte, et dans le fiacre le capitaine avec des épées de combat qui firent frémir le bourreau des crânes.

Comme le fiacre tournait l'angle de la rue Laffitte, Paul Gantois, qui ressemblait bien plus à un corps sans âme qu'à un homme qui va chercher à séparer une âme de son corps, vit un coupé, stores baissés, qui, stationnant devant la Maison d'Or, se mit aussitôt en mouvement.

Il était de couleur brune, à train foncé, attelé d'un bon trotteur allemand qui devait faire, au besoin, ses quatres lieues à l'heure.

Le fiacre qui portait le capitaine, Ritmel et le malheureux Paul Gantois, suivit les boulevards jusqu'à la Madeleine, prit la rue Royale et traversa la place de la Concorde.

Etait-ce un pur hasard, comme disent les saltimbanques ?

Le coupé brun, à train brun, suivit le même chemin.

Le fiacre prit le cours la Rei e.

Alors M. Paul Gantois, qui ressemblait, comme une goutte d'eau à une autre, au condamné qu'on mène à l'échafaud, dans quelque puante ville de province où il faut traverser la halle aux herbes et le marché des poissonniers, souleva le coussinet du fiacre.

Il aperçut le coupé qui suivait à distance, et il respira quelque peu.

On passa devant le Trocadero, on suivit le chemin de fer américain jusqu'à Auteuil ; le coupé était toujours derrière le fiacre.

La pâleur morbide de M. Paul Gantois prenait du ton.

On traversa le Point-du-Jour, on arriva au pont de Sèvres.

Toujours le coupé roulait derrière le fiacre.

Toujours, de minute en minute, M. Paul Gantois soulevait le coussinet et regardait le coupé.

— Mais que regardes-tu donc ? s'écria enfin Charles Ritmel.

— Ce coupé, balbutia Paul Gantois.

— Eh bien ?

— Il nous suit.

— Oh ! c'est qu'il a probablement à faire la même route que nous.

— Tu crois ?

— Dame ! nous allons à Sèvres... il y va.

— Je crois qu'il nous suit.

— Pourquoi faire ?

— Si c'étaient des gens de police qui aient eu vent du duel.

— Eh bien ?

— Et qui viennent s'interposer ? fit M. Paul Gantois d'une voix haletante.

— Jeune homme ! s'écria le capitaine en fronçant ses épais sourcils, c'est mal ce que vous dites là.

— Plaît-il? fit Paul Gantois. Pourquoi donc?

— Vous n'avez donc pas envie de vous battre?

— Mais dame! répondit naïvement le *bourreau des crânes* toulousain, personne n'en a envie, j'imagine.

— Je ne me dérange pas pour rien! grogna le capitaine. Croyez-vous pas que je vais servir de témoin pour une prune à l'eau-de-vie?

— Sans reproche, dit Charles Ritmel, je vous ai payé deux moos, hier soir.

— C'était votre devoir, jeune homme.

— C'est bon, on la connaît. Vous servez de témoin pour duel ou pour mariage. Vous êtes comme on dit d'un cheval, un capitaine à deux fins. Pour les mariages c'est quinze francs, l'on vous invite au repas. Pour les duels, c'est vingt francs tout sec.

— Je ne refuse pas de déjeuner, objecta le capitaine.

Le fiacre roulait toujours et le coupé continuait à suivre. On prit l'allée de Bellevue, on monta la côte. Le coupé faisait même route, et Paul Gantois qui s'usait le bout du nez au coussinet était plein d'espoir.

— Sacrebleu! jurait le capitaine, de mon temps
on n'avait pas peur d'un coup de torchon...

Charles Ritmel fouilla dans son gousset et en tira
vingt francs qu'il tendit au capitaine :

— Soyez donc sage, papa, dit-il.

Le capitaine grognait encore. Charles Ritmel
fouilla de nouveau dans sa poche et amena une
jolie pièce de dix francs toute neuve :

— Allons, dit-il, faites-nous une belle risette...

Le capitaine fut désarmé.

— Tonnerre de sang! dit-il, après tout, c'est
bête comme choux de s'aller couper la gorge pour
une péronnelle!

— Une drôlesse! fit Charles Ritmel.

— Une rien du tout! appuya le capitaine,
qui caressait du pouce et de l'index ses trente
francs.

Paul Gantois tournait toujours un œil amoureux
vers le mystérieux coupé.

— Oui! mais, dit tout à coup Charles Ritmel,
c'est grave cela!

— Quoi donc? fit le capitaine.

— On t'a promis dix mille francs pour te battre,
dit-il à Paul Gantois.

— Oui.

— Mais si la police intervient ?...

— Eh bien ?

— Tu ne te battras pas...

— Sans doute.

— Et tu n'auras pas les dix mille francs.

M. Paul Gantois ne songeait plus aux dix mille francs : il ne songeait qu'à sa peau qui était encore intacte ; mais le capitaine dit vivement :

— Jeune homme, ce que vous dites là est fort sensé, mais donnez vingt francs de plus et je vous tire d'affaire.

— Voilà, dit Charles Ritmel.

Le capitaine fit disparaître les vingt francs et continua :

— Je suppose que la police intervienne ?

— Bon !

— La police est un cas de force majeure.

— Soit.

— Devant la force majeure la loi est impuissante.

— Fort bien.

— Et par conséquent on vous doit les dix mille francs.

— Et si on ne veut pas nous les donner ?

— Eh bien ! dit le capitaine, qui était un peu

cousin de M. Prudhomme, il y a des juges à Berlin, on plaidera !

— Papa, dit Charles Ritmel, on vous paye assez cher pour avoir le droit de vous dire la vérité : « Vous êtes un crétin ! »

Le fiacre venait de s'arrêter en plein bois de Meudon. Paul Gantois qui se trouvait aussi mal à son aise que par un temps de choléra, aperçut un autre fiacre sous les arbres. Gérard et ses deux témoins étaient arrivés les premiers.

Le coupé mystérieux s'était arrêté à l'entrée du bois.

— Mon ami, dit Charles Ritmel, si ce coupé renfermait des gens de police, il serait entré dans l'allée où nous sommes.

Le capitaine se disait :

— C'est pain béni de faire battre un couard ! si j'avais eu affaire à un garçon crâne, j'aurais mes quatre balles toutes sèches.

Gérard demeurait tranquillement à distance. M. Paul Gantois jetait des regards suppliants vers le coupé d'où personne ne sortait.

Les quatre témoins se saluèrent, réglèrent les dernières conditions et mesurèrent les épées...

Mais comme le capitaine allait prononcer le fa-

22.

meux : « Habit bas, messieurs ! » le cocher du coupé
brun descendit de son siége et accourut.

— Messieurs, dit-il, quel est celui de vous qui
se nomme M. Paul Gantois ?

— C'est moi, dit vivement le bourreau des crânes.

— Mon maître désire vous parler... dit le cocher.

Gérard prit un ton hautain et répondit au cocher:

— Mon ami, dites à votre maître qu'il prend mal
son temps... tout à l'heure...

— Mais, du reste, dit M. Paul Gantois, c'est
l'affaire d'une minute.

Et il courut vers le coupé.

Dans cette course d'une minute, M. Paul Gantois
se disait :

— C'est sans doute un haut inspecteur de police;
il veut mettre à la chose une certaine discrétion...
mais n'importe ! je suis sauvé !

Comme il approchait du coupé un homme se
montra à la portière.

A sa vue, M. Paul Gantois consterné fit un pas en
arrière.

— Monsieur, dit cet homme qui ne daigna pas
descendre, je suis le prince Karinoff ; c'est moi qui
vous ai surpris trichant au jeu, cet hiver. Un hon-

nête homme comme votre adversaire ne saurait se
battre avec un filou. Vous allez de ce pas lui faire
des excuses, décliner l'honneur de croiser le fer
avec lui, ou je sors de ma voiture et, après vous
avoir démasqué, je vous fais rosser par mon cocher
qui est un cosaque de force herculéenne.

M. Paul Gantois devint livide, mais il s'inclina.

— Allez! et faites vite! ordonna le prince.

M. Paul Gantois avait eu grand'peur de l'épée
de Gérard, mais il avait plus peur encore des ro-
bustes poings du mougick.

Il obéit au prince.

Il alla droit à Gérard et lui dit :

— Monsieur, je dois vous avouer que je n'ai
jamais été l'amant de mademoiselle Clémence Mortimer, que je l'ai calomniée et que je vous en fais
mes excuses.

Gérard était stupéfait.

— Monsieur, dit gravement le pianiste, vous nous
faites des excuses sur le terrain, et nous sommes
bien forcés de les accepter, car se battre avec un
homme comme vous est désormais impossible.
Mais, enfin, souvenez-vous de ceci : comme il est fort
désagréable de se lever en automne avant dix heures du matin, si jamais vous nous y forciez de nou-

veau, au lieu d'épées de combat, nous apporterions une cravache !

Puis, prenant Gérard par le bras :

— Viens nous-en, dit-il, Juliette est vengée !

. . . .

XXII

LÉOCADIE AU BARON CONRAD

« Mon cher vieux,

« Décidément nous n'avons pas de chance et toutes nos combinaisons avortent.

« Paul Gantois ne s'est pas battu.

« Clémence a tout avoué et est partie pour je ne sais où ; Gérard est plus que jamais amoureux de Juliette et Juliette a pardonné.

« C'est après-demain la première représentation

de la pièce de Gérard ; si elle n'est pas sifflée, nous sommes perdus.

« Or, voici le sixième mois de la subvention, et le dernier terme est passé.

« Marchez donc, baron de mon cœur, ou je vous flanque tout à fait à la porte. »

M. le baron Conrad de Wilmhaüsen méditait cette lettre en cheminant vers le théâtre. Quand nous disons *cheminer*, c'est une erreur, M. le baron était en calèche à deux chevaux, conduite en daumont.

Deux grands laquais à moustaches et en redingote blanche l'accompagnaient.

Le cocher était poudré comme celui d'un ambassadeur.

M. le baron, lui-même, avait fait une toilette d'une excentricité tout à fait moscovite.

Il portait une ample pelisse de renard gris, une sorte de vitchoura de ville, soutachée de broderies noires et or.

Ses moustaches grises avaient des crocs ambitieux tournés vers le ciel.

Un énorme diamant qui, après tout, pouvait bien n'être que du stras, ornait l'annulaire de sa main gauche.

Enfin, à sa boutonnière fleurissait une rosette d'ordres multicolores.

La dame du bureau de location, en le voyant descendre de voiture, tailla sa plume et apprêta sa plus belle loge.

M. le baron Conrad avait tout à fait l'air d'un boyard de l'extrême Russie, de ceux qui possèdent des milliers de paysans et des centaines de villages.

Mais l'étonnement de la dame fut au comble, lorsque le boyard lui dit, en étalant trois billets de mille francs devant le guichet :

— Je désire avoir, madame, cent fauteuils d'orchestre, autant de fauteuils de galerie et une dizaine de loges. C'est une gracieuseté que je désire faire au personnel de mon ambassade.

La buraliste fut étourdie ; elle eût donné, en ce moment, sa tête à couper si on lui eût soutenu qu'elle n'était pas en présence de l'ambassadeur de Russie.

Néanmoins elle eut le courage de répondre :

— Mais, monsieur, ce que vous me demandez là est impossible.

Le faux ambassadeur attacha sur elle un œil hébété :

— Voilà, dit-il avec un redoublement d'accent étranger, un mot que je ne comprends pas!

— C'est pourtant bien simple. Je n'ai plus cent fauteuils d'orchestre. Nous avons un service de presse considérable.

— En avez-vous cinquante? dit le baron avec flegme.

— A peu près.

— Donnez-les-moi.

— Mais, je n'ai pas non plus cent fauteuils de galerie.

— Donnez-moi tous ceux que vous aurez.

— Ma foi! se dit la buraliste en dévalisant la feuille de location, je dirai au directeur que l'ambassade de Russie sera une bonne réclame pour la pièce. Les journaux en parleront demain matin.

Et elle s'arrangea si bien que M. le baron Conrad s'en alla avec une location de dix-huit cent francs.

Tandis qu'il criait au cocher :

— A l'hôtel !

M. le baron Conrad faisait la réflexion suivante :

— Je dispose d'environ cent places, disséminées un peu partout, sans compter une centaine de gamins, recrutés à droite et à gauche, qui siffleront du haut du paradis. La pièce n'ira pas jusqu'à la fin du second acte.

L'hôtel désigné par le baron Conrad était celui de la rue Léonie.

Mais, chose assez singulière, la demi-Daumont, au lieu de prendre la rue Lafitte, continua à suivre la ligne des boulevards. Le baron Conrad ne s'en aperçut qu'à la hauteur de la Madeleine.

— Là, butor! où vas-tu donc? cria-t-il au jockey.

Mais le jockey n'eut pas l'air de l'entendre. Il donna un coup d'éperon à son porteur, un coup de cravache au cheval de droite, et le véhicule fila rapide au milieu d'un encombrement de voitures.

— Rue Léonie! cria encore le baron.

Mais le jockey n'entendit pas davantage et entra bruyamment dans le faubourg Saint-Honoré.

Les deux laquais demeuraient impassibles, derrière le baron.

Celui-ci qui, après tout, n'était jamais qu'un instrument docile de Léocadie, crut qu'elle avait donné des ordres à sa livrée d'emprunt, et il cessa de crier.

Mais tout à coup la calèche entra dans l'avenue Lord-Byron et vint s'arrêter devant la porte cochère de l'hôtel acheté par le prince Karinoff.

23

Le baron alors fut inquiet et voulut descendre, mais il n'en eut pas le temps; la porte cochère s'ouvrit à deux battants, et la calèche vint tourner devant le perron.

En même temps le prince se montra.

— Mon cher baron, dit-il avec son flegme ordinaire, venez donc causer avec moi.

Et il le fit entrer dans l'hôtel et le poussa doucement dans un petit salon qui se trouvait au rez-de-chaussée.

Alors le faux ambassadeur et le vrai prince se trouvèrent seuls.

Malgré son air rébarbatif et ses façons de matamore, le baron avait peur.

Le prince, au contraire, fumait fort tranquillement son cigare.

— En vérité!... monseigneur, balbutia le baron, je ne sais... quel hasard... me vaut l'honneur...

— Monsieur, répondit le prince, le hasard n'a que faire en tout ceci. Les gens qui vous ont conduit sont des gens à moi; je désirais vous voir et ils vous ont amené.

Le baron s'imagina que le prince avait enfin accepté franchement les services de Léocadie la rousse :

— Je crois, dit-il, que votre Excellence sera con-
tente de moi.

— Ah !

— J'ai mes poches pleines de billets, tout mon
monde est prêt; la pièce sera sifflée à outrance.

— Vous croyez? fit le prince en souriant.

— Oh ! j'en suis sûr, répondit le baron. D'abord
le baron Benjamin compte sur moi.

— Vraiment !

— Je lui ai promis trente billets pour ses amis
du cercle.

— Monsieur le baron, dit le prince avec calme,
vous êtes un homme parfait; et tout est profit
de vous avoir dans son jeu.

Le baron s'inclina.

— Aussi, dit le prince, je compte vous garder
aujourd'hui à dîner.

La trogne rouge du baron passa à un écarlate
forcé.

— Votre Excellence me comble, dit-il.

— Et, continua le prince, je suis désolé d'avoir
à sortir avant l'heure du dîner, mais vous allez
m'attendre, n'est-ce pas?

— Je suis aux ordres de votre Excellence.

— Voilà des journaux, des revues, continua le

prince en montrant du doigt un guéridon, vous tâ-
cherez de tuer le temps.

Sur ces mots il sortit.

M. le baron Conrad de Wilmhaüsen feuilleta
un livre, pour la forme, quand le prince fut
parti.

— Décidément, se disait-il, le prince marche
avec nous. A la bonne heure ! il veut de Juliette,
à n'importe quel prix ! les honoraires seront sérieux, comme disent les gens de loi.

Et il attendit patiemment.

On était en automne, presque en hiver. Les
jours étaient courts ; il était nuit à cinq heures.

Un laquais était venu poser une lampe sur le
guéridon et s'était retiré.

M. le baron attendait toujours. Le prince ne revenait pas.

Comme six heures sonnaient à la pendule du
Jardin d'Hiver, un majordome ouvrit la porte à
deux battants et dit :

— Monsieur le baron est attendu par Son Excellence à la salle à manger.

Le baron suivit le majordome et trouva le prince
à table.

— Mon cher baron, dit le prince, je ne voudrais

pas vous faire manquer le train. Mettez-vous vite
à table et dînons.

— Le train? fit le baron stupéfait.

— Oui, dit le prince, dînez d'abord, je vous ex-
pliquerai cela plus tard.

Le baron était gourmand et un peu ivrogne.

Il se mit à table, l'odorat charmé par des ra-
gouts merveilleux, l'imagination surexcitée par des
vins mirifiques, jaunes ou vermeils, dans des ca-
rafes de cristal.

Le prince fut charmant.

Il parla de l'Opéra en construction, du dernier
succès du Gymnase, de mademoiselle *** qui éton-
nait Paris de son luxe mystérieux et de la prochaine représentation d'un ballet longtemps attendu.

M. le baron Conrad de Wilmhaüsen essaya plusieurs fois de faire allusion à ce voyage dont le
prince lui avait parlé.

Mais le prince fut impénétrable.

Enfin on apporta le café.

Alors, le prince Karinoff, offrant un cigare au
baron, lui dit :

— Vous êtes Allemand, n'est-ce pas?

— A peu près, répondit le baron Conrad.

23.

— Expliquez-vous...

— Je suis né en Poméranie, de parents polonais...

— Ah ! très-bien.

— J'ai été exilé en 1832.

— Voilà, dit le prince, qui concorde exactement avec les notes que j'ai sur vous. Vous êtes Allemand, mais exilé polonais. Vous en êtes réduit, pour vivre, au métier honteux que vous fait exercer une femme perdue nommée Léocadie.

Le baron rougit de confusion.

— J'ai obtenu, poursuivit le prince, votre radiation de la liste des émigrés polonais. Voici un portefeuille qui renferme vingt mille francs. Vous allez partir ce soir par l'express de neuf heures.

— Mais vous n'avez donc plus besoin de mes services ? s'écria le baron stupéfait.

— Non, dit le prince ; donnez-moi vos billets, je les placerai moi-même.

— Mais... que dira... Léocadie ?

Le prince haussa les épaules :

— Vous n'avez plus besoin de Léocadie, répondit-il, puisque vous avez deux années d'existence devant vous.

Il sonna, un domestique vint.

— Le coupé est-il prêt ? demanda-t-il.

Et il fit à M. le baron de Wilmhaüsen un signe d'adieu.

Celui-ci s'inclina et suivit le laquais.

Il y avait dans la cour une voiture fort simple dont le valet ouvrit la portière.

Le baron y vit deux couvertures serrées par une courroie et deux casquettes de voyage.

— J'ai donc un compagnon? fit-il étonné.

— Oui monsieur, répondit le laquais qui lui avait ouvert la portière, j'ai ordre de conduire M. le baron jusqu'aux frontières de Prusse.

Cependant le prince Karinoff avait suivi son hôte jusque dans la cour.

Le baron qui tenait le portefeuille et les vingt mille francs eut un dernier accès d'audace.

— Mon prince, dit-il, si je ne me trompe, vous ne prenez pas le chemin le plus court pour arriver jusqu'à Juliette.

— Qui sait? fit le prince en pâlissant légèrement.

Puis il ajouta :

— Tout chemin mène à Rome.

Et il fit un signe, et le coupé sortit, emmenant à la gare du Nord M. le baron Conrad de Wilmhaüsen.

XXIII

LA CIGARETTE

Le joli baron Benjamin qui par extraordinaire n'avait pas passé la nuit précédente au café Anglais, s'était levé à la pointe de midi moins un quart et fumotait un cigare, tandis que son valet de chambre l'habillait.

Le jeune vieux était livré tout entier aux joies d'une passion de noble origine, la vengeance, ce sentiment chéri des dieux de l'Olympe.

— Cet affreux *gribouilleur*, murmurait-il, ne

saura jamais le tort qu'il m'a fait dans le monde en me donnant un coup d'épée. Il y a des femmes qui ne me saluent plus depuis ce temps-là, et je suis, à chaque instant, obligé à une politesse exquise avec les gens de mon cercle. Mais ce soir j'aurai ma revanche.

Le baron Benjamin, tout en machonnant son cigare qu'il avait laissé éteindre, regardait l'heure au cartel rocaille de son cabinet.

— Ce rustre de baron allemand, murmurait-il, me fait décidément attendre.

— Il vous prend pour Louis XIV, mon bon! dit une voix de femme au seuil du cabinet de toilette.

— Tiens! fit le baron en tournant la tête, c'est toi, Moucheron?

— Oui, mon bon, répondit la visiteuse; une petite blonde charmante et mutine, très-lancée depuis l'hiver précédent, et qu'on avait surnommée Moucheron, parce que, dans un souper, elle bourdonnait sans cesse, et faisait, à elle seule, le bruit d'une ruche tout entière.

— Qu'est-ce que tu veux? ma fillette.

— Je viens déjeuner.

— Ici?

— Mais sans doute.

— Tu sais pourtant bien que je ne mange jamais chez moi.

— Tu enverras chez Verdier commander un perdreau truffé, des huîtres et du cliquot.

Moucheron était fort simplement mise, mais elle avait, dans son négligé du matin, je ne sais quoi de provocant qui émoustilla le joli vieux.

— Soit, dit-il. Mais après déjeuner que ferons-nous?

— Tu m'emmèneras faire un tour au bois.

— Fort bien, dit le baron. Alors j'attellerai en *tandem*. J'essaye justement une paire de trotteurs irlandais.

— Comme tu voudras, dit Moucheron; je n'ai pas peur de me rompre les os. La vie est monotone, je m'embête.

— Pourquoi ne m'aimes-tu pas? demanda le baron Benjamin.

— Ah! non, fit-elle. Je m'embêterais bien davantage. D'abord, mon bon, si tu dois me dire des niaiseries, j'aime autant m'en aller sans déjeuner.

— Non, reste.

Et le baron Benjamin regardait toujours l'heure.

— Ah ça, fit la petite blonde, on attend donc quelqu'un.

— Oui.

— Une femme?

— Non, un baron allemand.

— Celui de Léocadie.

— Justement.

— Qu'as-tu donc à faire avec lui?

— Il doit m'apporter des billets pour le théâtre de ***.

— Tiens, c'est vrai, il y a une première ce soir. M'emmèneras-tu?

— A la condition que tu parleras, que tu riras, que tu feras tout le tapage imaginable et que tu siffleras au besoin. La pièce est de ce monsieur qui est avec Juliette.

— Ah bon! fit Moucheron. Et c'est le baron qui te procure des billets?

— Je l'ai prié de me retenir une vingtaine de fauteuils, que je distribuerai ce soir, au cercle, entre quatre et cinq heures au coup de l'absinthe, comme nous disons.

Tandis que le baron Benjamin causait, le valet de chambre était allé commander à déjeuner.

A midi et demi le maître d'hôtel de la Maison-d'Or arriva suivi de deux garçons chargés du menu.

Le baron Benjamin n'était pas un mince client et il *posait* joliment un établissement.

Moucheron avait faim ; elle goba deux douzaines d'huîtres d'Ostende sans souffler mot, avala trois verres de chablis et ne respira qu'au perdreau.

Le baron Benjamin, tout entier à sa haine, se montrait fort inquiet de ne pas voir arriver le seigneur Conrad de Wilmhaüsen.

— Mais sois donc calme, lui dit Moucheron, le bonhomme viendra.

— Il m'avait promis d'être ici avant midi.

— Eh bien ! le bureau de location était encombré, voilà tout.

Le baron Benjamin frappait du pied.

— Bon ! reprit Moucheron, mais savez-vous bien, mes jolis messieurs, que vous ne connaissez pas les femmes.

— Plaît-il ? ricana le juif, te moques-tu, petite ?

— Non, vous ne les connaissez pas. Et, pour préciser, dans quel but allez-vous siffler la pièce de Gérard ?

— Parce que je le hais.

— Toi, oui ; mais les autres...

— Eh bien?

— C'est pour que Juliette le quitte, mon très-
cher. Et vous êtes tous des niais, parce qu'une
femme ne quitte jamais un homme qui vient d'être
malheureux.

— Tu te trompes.

— Ah! tu crois?

— Gérard a mangé beaucoup d'argent ces temps
derniers.

— Avec Juliette?

— Non, avec une petite fille qu'on avait trouvée
tout exprès et qu'il avait prise au sérieux. Il
compte beaucoup sur la pièce. Si elle tombe, demain ce sont les embarras qui commencent, dans
deux mois la gêne arrive, et dans dix la misère
avec une guirlande d'huissiers. Alors Juliette se
lassera d'être brave...; est-ce que le prince Karinoff n'est pas là avec ses cheminées de jade
vert et des diamants gros comme des œufs de
poule?

— Vous êtes tous des canailles! dit Moucheron
en souriant.

Et elle tira de sa poche un petit étui en cuir de
Russie.

— Peut-on fumer une cigarette? dit-elle.

24

— Je vais t'en faire donner, j'en ai d'excellentes.

— Oh! dit Moucheron, tu n'en as pas d'aussi bonnes que celles-là. Elles ont fait du chemin.

— D'où viennent-elles donc?

— D'Astrakan.

Et elle prit elle-même une cigarette dans l'étui, et la tendit au baron.

Celui-ci la plaça dans un bout d'ambre et l'approcha d'un petit réchaud qu'on avait mis sur la table en apportant le café.

Puis portant le bout d'ambre à ses lèvres il se mit à fumer.

— Délicieux! fit-il en savourant la première bouffée. Elles sont aussi fortes que six *puros*.

Moucheron avait allumé la sienne et fumait tranquillement.

A la troisième bouffée, le baron fit une singulière réflexion.

— Sais-tu, dit-il, qu'on croirait fumer de l'opium.

— Bah!

— Il me semble que je m'endors...

— Eh bien! va..., fume toujours..., la vraie vie c'est le sommeil.

Et Moucheron, sur qui la cigarette ne paraissait pas produire le même effet, ouvrit le piano et se mit à jouer et à chanter le *Baccio*.

Au bout de dix minutes, elle se retourna.

Le baron Benjamin s'était endormi dans son fauteuil et le bout de la cigarette, échappé à ses lèvres, était tombé sur le parquet.

Alors Moucheron se leva, passa dans la pièce voisine, entr'ouvrit la porte de l'antichambre et appela l'unique domestique du baron :

— Baptiste, lui dit-elle, voilà dix louis que votre maître vous donne pour aller boire à sa santé, à la condition que vous vous en irez et ne reviendrez que demain matin un peu avant midi.

— Voilà qui est le monde renversé, pensa Baptiste qui crut comprendre.

Il mit les dix louis dans sa poche et s'en alla en saluant Moucheron comme la future maîtresse de la maison.

Moucheron revint dans la pièce où le baron Benjamin s'était endormi.

— Je crois, mon bonhomme, murmura-t-elle, que ce n'est pas tes coups de sifflet qui feront tort, ce soir, à la pièce de Gérard.

Et Moucheron reprit son châle et son chapeau et

s'en alla, fermant les portes sans trop de précau-
tions, ce qui était une preuve qu'elle ne craignait
pas de réveiller le dormeur.

Le narcotique, absorbé sous forme de cigarette,
était bon.

XXVI

VICTOIRE

La salle était comble.

Toutes les places, même celles louées par M. le baron Conrad de Wilmhaüsen étaient occupées.

Par qui?

Voilà ce qu'il eût été difficile de savoir.

Juliette était dans une baignoire d'avant-scène, cachée derrière un paravent.

Ses jumelles à la main, elle examinait la salle

24.

un peu avant le lever du rideau et comptait les amis et les ennemis de Gérard.

Les ennemis étaient en nombre respectable, mais les ennemis de métier seulement.

En vain chercha-t-elle quelques-uns de ces jolis messieurs qui l'avaient si furieusement applaudie à son entrée, elle, quand elle avait fait son entrée au théâtre, quelques-unes de ces étoiles du demi-monde qui s'étaient si fort intéressées aux douleurs du prince Karinoff.

Le gandinisme et le demi-monde étaient à peu près absents.

Juliette respira peu à peu ; cependant il y avait à l'orchestre, aux fauteuils de galerie, dans quelques loges, des types qui lui semblaient étranges à elle qui avait l'habitude des premières représentations.

Elle n'avait jamais vu ce monde-là à pareilles solennités.

Pour la plupart, c'étaient des hommes à tournure militaire, fort distingués du reste, mais avec un cachet étranger.

Le chef de claque ayant fait une courte apparition dans l'orchestre, Juliette l'entendit qui disait tout bas à un de ses voisins :

— Tu sais qu'une partie de la salle est louée à l'ambassade de Russie?

Juliette tressaillit, et songea au prince Karinoff, à cet homme si généreux et si noble en faveur de qui tout le monde conspirait, et qui, par amour pour elle, déjouait une à une toutes les conspirations.

N'était-ce pas lui qui avait, tout dernièrement encore, déjoué les plans infernaux de Léocadie et empêché le duel de Gérard et de Paul Gantois?

Alors, elle eut comme un remords et se mit à le chercher par toute la salle, mais elle ne l'aperçut pas.

Les trois coups du régisseur se firent entendre, le chef d'orchestre gagna son pupitre, et cinq minutes après la toile se leva.

A partir de ce moment, Juliette ne vécut plus de la vie normale; elle se suspendit aux lèvres des acteurs; elle écouta frémissante ces bruits confus d'une vaste salle, au début d'une pièce.

Les premiers applaudissements, bien que la claque en eût donné le signal, lui résonnèrent dans le cœur comme le roulement d'un tambour dans la poitrine d'un sourd-muet.

Froide d'abord, la salle s'anima peu à peu : Marie

Bernier, cette jolie actrice qui avait repris le rôle abandonné par Clémence Mortimer, fut très-belle et très-sympathique.

A la fin du premier acte, le mot de *succès* courut dans la salle, au foyer et dans les couloirs.

Les gens étrangers qu'avait remarqués Juliette applaudissaient avec fureur.

La presse se montrait chaleureuse; Juliette se sentait mourir de joie.

Cela dura quatre heures et demie.

Le drame, les décors, les ballets, tout avait marché à ravir; les acteurs avaient fait merveille.

Quand on vint jeter le nom de Gérard à la foule des spectateurs, les applaudissements résonnèrent et Juliette faillit se trouver mal.

Alors son ami S..., le vaudevilliste, entra dans la loge et lui dit :

— Viens! ma petite, nous avons cent bonnes représentations sur la planche, et voici le cas d'aller souper. Gérard nous rejoindra...

Elle s'encapuchonna dans son burnous et prit le bras de S...

La foule s'écoulait bruyante par toutes les portes.

Haletante, Juliette écoutait le nom de Gérard, prononcé par toutes les bouches; mais, tout à coup, elle s'arrêta, pâle, oppressée, et son front se baigna d'une sueur froide.

Elle venait d'apercevoir un homme enveloppé d'une pelisse fourrée, appuyé contre un pilier du péristyle, et la contemplant avec tristesse.

C'était le prince.

Le prince pâle, immobile, la mort au cœur, un sourire aux lèvres.

Juliette aimait bien Gérard, mais elle eut pitié de cet homme si noble et si simple.

Et, fendant la foule, elle alla vers lui et lui tendit la main :

— Ah ! merci, merci ! lui dit-elle, je sais tout...

Il porta la main de Juliette à ses lèvres :

— Vous êtes bonne ! dit-il.

Et il fit un pas de retraite.

Mais elle le retint, et lui dit :

— Ah ! si vous vouliez m'aimer comme une sœur...

— Adieu ! fit-il d'une voix étouffée... Si vous avez besoin de moi, appelez-moi.., jour et nuit je serai là !..

Et il s'éloigna brusquement.

— Pauvre homme ! murmura Juliette. Comme il m'aime !..

Et, toute pensive, elle regagna sa voiture.

. . . .

Il était quatre heures du matin.

Juliette, Gérard, le joyeux Alfred, Aspasie et le vaudevilliste S... etaient encore à table, dans un petit salon du café Anglais.

Gérard était ivre de son triomphe.

— Voilà quarante mille francs de droits d'auteur sur la planche, dit S...

— Aussi, dit Gérard, j'ai un projet.

— Ah !

— Je veux faire un voyage en Italie, et revenir finir mon hiver, dans une maisonnette blanche que je revois toujours dans mes songes de jeunesse.

Et, s'animant, Gérard continua :

— Figurez-vous que j'ai été élevé à Marseille. Nous allions chaque dimanche, en promenade, comme on dit au collége, dans le golfe Saint-Henri. Il y a là une maison qui me plait. A qui est-elle? peu m'importe ! Si elle est à vendre, je l'achèterai, ou je la louerai ; mais il me la faut.

— Pour y vivre seul ? demanda Juliette.

— Avec toi, mon ange bien aimé, dit Gérard.

— Non, dit Juliette. J'ai été bonne jusqu'au

bout : je sentais que j'étais pour toi une manière de talisman et j'ai joué mon rôle, mais à présent, l'heure des adieux est venue. Quittons-nous bons amis, mon cher Gérard.

— Tu es folle! s'écria Gérard stupéfait.

— Non, dit Juliette, je pense à Clémence Mortimer.

Ce fut un coup de théâtre.

Aspasie, le vaudevilliste et le pianiste se regardèrent.

Juliette parlait avec sa tristesse calme, et Aspasie se dit :

— Elle est femme à tenir parole.

Quant à Gérard, devenu livide, il se leva de table et fit un pas vers la porte.

— Adieu..., dit-il.

Juliette eut peur, elle courut après lui :

— Où vas-tu ? dit-elle.

— Mais dame ! répondit-il simplement, je vais me tuer !

Elle lui jeta ses deux bras autour du cou :

— O niais chéri, dit-elle, tu crois donc que je ne sais pas pardonner !...

.   .   .   .

— C'est égal, disait le lendemain soir le joyeux

pianiste Alfred à S..., le vaudevilliste, en revenant
de la gare du chemin de fer de Lyon où ils avaient
embarqué Gérard et Juliette qui partaient pour
l'Italie, — je crois que c'est le commencement de
la fin.

— Allons donc ! répondit S..., ils sont comme
deux tourtereaux.

— Soit, mais ils vont voyager.

— Eh bien ?

— Le voyage est fait pour les lunes de miel ;
mais quand on s'aime depuis longtemps, on
bâille en route, à se démancher la mâchoire.

S... haussa les épaules.

— Et puis, ajouta le pianiste, les femmes pardon-
nent tout, hors une chose.

— Que veux-tu dire ?

— Gérard a trompé Juliette, et Juliette a pardonné ; mais Gérard, au lieu de nier, a avoué son
crime : ce qui est stupide, et Juliette qui a pardonné l'infidélité, ne pardonnera pas l'aveu.

— Tu aurais donc nié, toi ?

— En présence de l'échafaud. Tu ne sais pas le
gré que les femmes vous ont de savoir mentir
dans les occasions solennelles. Prends-tu un verre
d'absinthe ?

— Volontiers, répondit S...

Et tous deux descendirent de voiture devant le café Vachette.

XXV

« Mon cher baron,

« Tu es un vieux renard plus naïf qu'un cygne.

« Le prince Karinoff t'a tendu un piége, et vous êtes tombé dedans, vieille toile parcheminée arrachée d'un musée d'antiquités.

« Avec vos airs de sabreur polonais, vous êtes plus timide qu'un kanguroo et vous avez l'ignorance d'une de ces belles carpes centenaires qui se promènent dans le bassin de Fontainebleau.

« Le prince vous a ordonné de partir et vous êtes parti, avec vingt mille francs dans votre poche et un profond dédain pour Léocadie la Rousse, votre fidèle alliée.

« Malheureusement, mon cher bon, Léocadie vous tient bien plus encore que le prince et il faut lui obéir.

« Cependant, je suis bonne fille et je ne veux pas vous exposer aux colères de ce terrible Moscovite qui vous a interdit le séjour de Paris.

« Je vous donne rendez-vous à Marseille, d'ici à un mois, à l'hôtel des Empereurs, dans cette rue pompeuse qu'on appelle la Canebière, et dont s'enorgueillit tout Marseillais sans prétention.

« Juliette n'est pas au bout de ses peines.

« A vous, vieille momie,

« LÉOCADIE. »

XXVI

LE MARSEILLAIS QUI A TUÉ UN LIÈVRE

Le café Bodoul, situé dans la rue Saint-Ferréol, à Marseille, est très-bien fréquenté, comme on dit. Les jeunes gens riches, les négociants sérieux y jouent aux dominos tous les soirs.

Le Marseillais, dont on s'est beaucoup moque, est un peuple intelligent, hospitalier, artiste et poëte.

Tout citoyen de Marseille fait des vers; tout Marseillais est chasseur.

Chacun fait ou a fait une tragédie, et possède un poste à grives sur le coteau de Montolivet ou dans le golfe de Saint-Henri.

Par exemple, le Marseillais qui fait jouer sa tragédie est rare, et celui qui finit par tuer une grive plus rare encore!

Mais le poële et le chasseur sont vantards, et le soir, après le théâtre, le café Bodoul est rempli de jeunes amants des Muses qui montrent des lettres de félicitation de Victor Hugo, et d'intrépides Nemrod qui vous font, à propos d'une chasse aux grives, d'épiques récits à faire pâlir Numa dans la *Chasse au Chastre* de Méry, mise en lumière par Alexandre Dumas.

Or, ils étaient là, un soir de février, dix ou douze lions de l'asphalte marseillais, contant leurs prouesses poétiques et cynégitiques.

— Moi, disait l'un, j'ai un *poste* tout près du Faro où je tue chaque matin ma douzaine de grives avant déjeuner.

— Moi, répondit un autre, je vous dis que toutes ces chasses-là sont bonnes pour les enfants. Je reviens de la montagne, de l'autre côté de la Durance, et j'ai tué un lièvre.

Un sourire incrédule effleura toutes les lèvres;

25.

on se regarda avec un étonnement qui frisait l'in-
pertinence.

Un Marseillais qui a tué un lièvre! cela ne s'est
jamais vu.....

Le propos était même si étrange, si audacieux
que tous les yeux se tournèrent vers un des habitués qui fumait silencieusement dans un coin du
café et paraissait ne prêter qu'une médiocre attention à la conversation.

— Que penses-tu de cela, toi? lui dit un de ces
messieurs.

Le personnage interpellé était un grand jeune
homme d'à peine trente ans, au front pâle, aux
yeux bleus, à la taille élégante, et à la mise irré-
prochable.

Il se nommait Henri Morfontaine, tout court,
ajoutait un *de* sur ses cartes, risquait au-dessus un
tortil de baron et passait pour le Marseillais le plus
vantard qu'on ait jamais vu sous ce ciel éternellement bleu qui se reflète dans la Méditerranée.

— Eh bien! as-tu entendu Alfred Frigou?

— Oui, dit Henri *de* Morfontaine.

— Et tu crois qu'il a tué un lièvre?

— Je le crois, et cela m'est bien égal...

Jamais, en toute autre circonstance, on n'eût

avoué devant Henri Morfontaine qu'on avait tué un
lièvre qu'il ne se fût vanté, aussitôt, d'avoir tué
un loup ; et si on eût parlé d'un lion, il eût in-
continent riposté par un éléphant.

Ce calme avec lequel il accueillait l'invraisem-
blable prouesse du Marseillais *qui revenait de la
montagne*, parut si extraordinaire qu'un des habitués murmura :

— Je crois bien qu'Henri est malade.

— Ou fou, ajouta un autre.

— Fou et malade à la fois, dit Henri, je suis
amoureux.

Le Marseillais enfoncé dans la poésie et l'amour
de la chasse a rarement le temps d'être amoureux ;
et si la fantaisie lui en prenait il obéirait à sa nature et au lieu de chercher une passion réelle,
il se contenterait d'en inventer une et de raconter
à la galerie ses amours imaginaires avec une
femme qui n'existerait pas.

Un des amis de Henri Morfontaine, tout à fait
convaincu de cette vérité, se mit à rire et dit :

— La *blague* de notre ami le baron a changé de
courant. Elle a quitté la chasse pour l'amour.

— Je ne blague pas, dit Henri avec tristesse, je
suis amoureux.

— De qui ? fit-on d'un air de doute.

— D'une femme que je ne connais pas.

— Naturellement.

— Où demeure-t-elle, cette femme?

— Dans une petite maison, au bord de la mer, dans le golfe Saint-Henri. C'est une parisienne. Elle est là depuis quinze jours... avec son mari... ou son amant... Je ne sais pas au juste... Cependant, je parierais pour le mari... elle a la tournure d'une femme honnête.

Comme Henri Morfontaine parlait ainsi, assis devant le poêle, et entouré de la demi-douzaine d'habitués, la porte du café s'ouvrit, un homme entra sans faire grand bruit et alla s'asseoir à une table isolée.

Cet homme portait une perruque blonde, une barbe blonde, d'épaisses moustaches tirant sur le roux, et une redingote boutonnée militairement et ornée de rubans assortis.

— Tiens ! dit un des jeunes gens tout bas, c'est le colonel prussien qui vient, chaque soir, prendre sa bavaroise.

Henri Morfontaine se retourna et regarda avec curiosité.

Le colonel tressaillit avec un brusque mouvement de surprise.

Puis, comme la conversation continuait, il appela un garçon et, tout en lui demandant sa bavaroise, il lui dit à mi-voix, avec un accent des
plus tudesques :

— Est-ce que ce monsieur qui est là bas, devant
le poêle, n'est pas le prince Karinoff ?

— Non, monsieur, répondit naïvement le garçon, il ne vient pas de princes ici. C'est M. le baron de Morfontaine.

— Où demeure-t-il ?

— Aux allées de Meillan, porte 19.

— Tarteiffle ! grommela le Prussien, si cet
homme ne ressemble pas au prince Karinoff comme
une goutte d'eau à une autre, je veux être pendu.

Il inscrivit sur un carnet le numéro 19 et le
nom de Morfontaine, prit un journal, fit semblant
de lire et écouta attentivement la conversation qui
se déroulait autour du poêle.

Henri continuait :

— Ils ont une vie fort retirée. Le jour, les persiennes sont closes, le jardin silencieux. J'ai passé
vingt fois sous les murs qui baignent dans la mer,
avec mon bateau, et je n'ai jamais pu voir le mari.

— Mais tu as vu la femme?

— Une fois, je suis demeuré ébloui.

Ici le caractère marseillais poussa sa petite pointe :

— Et, ajouta Henri Morfontaine, je crois que je lui ai fait de l'effet, aussi, car elle a vivement fermé la persienne, en poussant un petit cri.

— Tu es si joli garçon ! murmura un des auditeurs avec ironie.

Henri poursuivit :

— Depuis ce temps-là, je suis fou, je perds le boire et le manger, et je ne sais comment revoir mon inconnue.

Le colonel prussien qui, sans doute, savait tout ce qu'il voulait savoir, se leva, paya sa bavaroise, salua et sortit.

C'est lui que nous allons suivre.

Il était plus de minuit, les boutiques étaient fermées et un garçon de l'hôtel des Empereurs sommeillait étendu sur une banquette.

Le colonel se fit conduire au somptueux appartement qu'il occupait au premier étage, avec sa femme, madame la baronne de Wilmhaüsen.

Car ce colonel, on l'a deviné, c'était encore et toujours notre vieille connaissance, M. le baron de Wilmhaüsen qui s'était rendu en toute hâte aux ordres de Léocadie, son tyran femelle.

Seulement il avait remplacé sa barbe blanche par une barbe blonde, et son titre de major par celui de colonel.

Du même coup la rousse Léocadie s'était faite baronne.

Comme le colonel entrait, il trouva Léocadie occupée à écrire.

La Californienne avait le sourcil froncé, et le tremblant baron devina que la température était à l'orage.

— Mon cher, dit Léocadie, vous n'êtes bon à rien. Depuis un mois que nous sommes ici, vous n'avez pas encore su découvrir ce que je cherche.

— Que cherchez-vous? demanda le baron avec flegme.

— Un certain Émile Moranval, ex-quart d'agent de change de Paris, aujourd'hui perdu dans la plèbe commerciale de Marseille.

— Je sais bien que vous m'avez donné mission de retrouver cet individu, répondit le baron, mais le signalement est si vague!...

— Et vous êtes si simple! dit la baronne rousse. Eh bien! je l'ai trouvé, moi.

— Ah !

— Je suis allée au spectacle ; la première personne que j'ai aperçue à l'orchestre, c'est notre homme. Une ouvreuse a complété mes renseignements. A Marseille, Émile Moranval s'appelle Charles Bonhommé. C'est une question de dettes. Il est courtier de commerce, gagne misérablement sa vie, loge en un taudis de la rue de Malte, regrette Paris comme les anges déchus le Paradis, et est assez perdu de vices et de mauvaises actions pour faire tout ce que je voudrai.

— Ah ! dit flegmatiquement le baron.

— Voyez ce que je lui écris.

Et Léocadie mit sous les yeux du baron la lettre qu'elle adressait à M. Charles Bonhommé :

« Cher Émile,

« Vous êtes pauvre, vous avez des dettes, et si vous possédiez dix mille francs, vous seriez dans quarante-huit heures à Paris, cherchant à revoir Juliette. Est-ce vrai ? »

— Juliette ? interrompit le baron, il l'a donc connue ?

— Il est peut-être le seul homme qu'elle ait aimé avant Gérard. Il a commencé sa ruine avec elle, mais c'est une honnête fille, comme vous dites, vous autres hommes, et quand elle a su qu'il était sur une mauvaise pente, elle a voulu l'arrêter. Alors il l'a quittée pour une demi-douzaine de drôlesses qui l'ont croqué jusqu'aux os ; mais il aime toujours Juliette, j'en suis sûre.

— Eh bien ?

— Poursuivez, dit Léocadie, qui remit la lettre sous les yeux du baron.

Le baron lut :

« Si on vous promettait dix mille francs et la possibilité de revoir Juliette, viendriez-vous à un rendez-vous ? Si oui, suivez le porteur de ce billet qu'on ne croit pas devoir signer. »

— Maintenant, dit le baron, je ne vois pas ce que vous voulez faire, mais je vais vous prouver que, moi aussi, j'ai la main heureuse.

— Voyons ?

— J'ai trouvé ce soir un jeune homme qui aime Juliette.

— Bon ! après ?

— Et ce jeune homme ressemble si parfaitement au prince Karinoff qu'il m'a bien fallu m'incliner devant cette loi mystérieuse des Sosies qui, jusqu'à présent, m'avait trouvé incrédule.

26

— Ah! si vous n'avez pas eu la berlue, vieux drôle! s'écria Léocadie, nous aurons de fières rentes sur nos vieux jours, car je crois que voilà enfin trouvé le fil qui manquait à mon intrigue.

Et Léocadie se mit au lit non pour dormir, mais pour rêver à ses infernales machinations!

XXVII

« Monsieur le baron,

« La dame mystérieuse du golfe Saint-Henri
vous aime, mais c'est une pauvre recluse, courbée
sous la tyrannie d'un homme qui lui fait jouer un
rôle au-dessus de ses forces.

« Si vous voulez avoir des renseignements précis,
trouvez-vous demain soir à huit heures, tout en
haut du boulevard du Musée, à l'entrée de la
plaine Saint-Michel.

« Vous verrez une voiture de place arrêtée, vous vous approcherez et l'on vous dira :

« — Montez, mon prince !

« C'est le mot d'ordre. »

Quand M. Henri de Morfontaine reçut cette lettre il était encore au lit.

C'était un jeune homme riche qui vivait en garçon.

Il avait un tilbury, un groom et une cuisinière, et habitait un premier étage dans une belle maison des allées de Meillan.

Sa première pensée quand sa joie fut calmée fut de courir au café Bodoul pour raconter sa bonne fortune, et montrer sa lettre à tout le monde.

Mais, à midi, le café Bodoul est désert. Tout le monde travaille à Marseille et les vraies réunions d'oisifs n'ont lieu que le soir.

Or, comme le rendez-vous assigné était pour huit heures, il s'ensuivit que M. le baron Henri de Morfontaine s'y rendit avant d'avoir pu faire part de son bonheur futur à tous les habitués du café Bodoul.

Mais il comptait se rattraper joliment le lendemain.

La lettre n'était point une mystification, la voiture attendait. Une voix de femme murmura :

— Est-ce vous, mon prince ?

Et comme la nuit était sombre, les becs de gaz éloignés et la femme de la voiture encapuchonnée, Henri crut tout d'abord avoir affaire à la mystérieuse recluse du golfe Saint-Henri.

Il prit une petite main gantée qu'on lui tendit et la porta vivement à ses lèvres.

Un éclat de rire moqueur le détrompa, suivi de ces mots :

— Ce n'est pas elle !

Puis Léocadie la Rousse qui allait vite en besogne et parlait, au besoin, la langue concise des protocoles, dit au lion marseillais :

— Êtes-vous homme à jouer un rôle ?

— Cela dépend.

— Aimez-vous beaucoup cette femme ?

— Je ferais des folies pour arriver jusqu'à elle.

— Il faut en faire. Mais, d'abord permettez que je vous regarde !...

Le cocher de la voiture qui, sans doute, avait des instructions précises, s'arrêta sous un bec de gaz et le visage de Henri fut éclairé en plein.

26.

Léocadie étouffa une exclamation de surprise :

— Oh! c'est frappant! dit-elle; à dix pas Juliette s'y trompera.

— Qu'est-ce que Juliette?

— C'est *elle*.

— Ah! et elle m'aime?

— Non pas vous, mais un homme à qui vous ressemblez si extraordinairement, que je m'y serais trompée moi-même.

— Et... cet homme...

— C'est un Russe, le prince Karinoff. Maintenant, dit Léocadie, votre amour pour cette femme est-il vraiment très-grand?

— J'en perds la tête.

— Voulez-vous être heureux?

— Que faut-il faire?

— Disparaître pendant quinze jours de Marseille et vous laisser enfermer dans une maisonnette voisine de celle qu'elle habite, faire tout ce que je voudrai, ne parler ni n'écrire à personne de vos connaissances, et répondre au nom de prince Karinoff.

— C'est-à-dire que je serais aimé par procuration?

— Qu'est-ce que cela vous fait, pourvu que vous le soyez?

— Au fait, vous avez raison, répondit Henri de Morfontaine qui songea qu'il aurait un peu plus tard une belle histoire à raconter aux habitués du café Bodoul.

XXVIII

ARRIÈRE-SAISON

Il y avait deux mois qu'ils avaient quitté Paris, ils s'en étaient allés à Rome, puis à Naples, s'aimer sous le ciel bleu, comme ils s'aimaient autrefois sur les âpres falaises normandes.

Mais l'azur a ses trahisons.

L'ennui est une conséquence forcée du soleil éternel, du ciel toujours bleu, de la mer toujours indigo !

Le beau temps perpétuel agace les nerfs beaucoup plus qu'un jour de pluie ; et tout l'esprit

de Juliette, et sa charmante humeur parisienne,
et ce rire affectueux qui retentissait comme une
chanson, n'avaient pas empêché Gérard de songer
plus d'une fois à ce cher macadam détrempé qui
coule, fleuve jaune, sur le boulevard, et qu'on
traverse bravement le soir pour aller au théâtre.

Paris et son brouillard ne lassent jamais.

Ils arrivèrent à Marseille dans les premiers jours
de février.

Paris grelottait encore, mais cette gueuse parfumée qu'on nomme la Provence avait déjà mis
en scène ses touffes de violettes, ses champs
d'immortelles jaunes, ses petits bois de pins tout
frémissants de la brise marine, et son golfe d'un
bleu désespérant sur lequel couraient voluptueuses
et nonchalantes des voiles blanches comme des
ailes d'alcyons.

La maisonnette aux volets verts appartenait à un
honnête Marseillais qui la louait toute meublée.

Juliette avait encore un mois de congé. Gérard,
mordu par la soif ardente du théâtre, voulait faire
un autre drame.

Ils s'installèrent pour un mois dans la maisonnette. Gérard se mit au travail, Juliette fit de la
musique.

Un soir, comme elle était à la fenêtre, elle se prit à suivre des yeux un de ces jolis canots d'amateur qui n'ont qu'une voile latine et qui font la joie des Marseillais épris des régates.

Le canot courait des bordées à trois cents mètres au large.

Il était monté par deux hommes vêtus de vareuses rouges et coiffés de petits chapeaux cirés. Un mousse était à la barre.

On eût dit la *Belle-Hortense* ou la *Jolie-Canotière* ou toute autre embarcation du port d'Asnières ou de Joinville-le-Pont.

Juliette, mue par une vague curiosité, prit une longue-vue et la braqua sur le canot.

Mais la longue-vue lui échappa des mains et elle eut un affreux battement de cœur.

Dans l'un des deux hommes qui montaient le canot, elle avait cru reconnaître le prince Karinoff.

Le canot gagna le large, et alors Juliette respira.

Seulement elle se répéta ce mot terrible qu'elle avait murmuré le soir de la *première* de Gérard ·

— Comme il m'aime !

Et elle fut toute pensive le reste du jour.

Le lendemain, une âpre curiosité la reconduisit

à sa fenêtre; elle y passa une partie de la journée, mais le canot ne se montra point au large.

— Je me suis trompée! pensa-t-elle.

Les jours suivants, la mer fut veuve du canot mystérieux.

— Si c'était le prince, se dit Juliette, il serait revenu.

Mais, un matin, comme elle soulevait ses persiennes, le canot passa brusquement sous les murs du jardin.

Cette fois Juliette jeta un cri et laissa retomber sa persienne.

Elle croyait bien, cette fois, avoir reconnu le prince; et M. le baron Henri de Morfontaine, par extraordinaire, ne s'était point vanté lorsqu'il avait prétendu au café Bodoul qu'il avait produit un certain effet sur la mystérieuse habitante du golfe Saint-Henri.

A partir de ce jour, Juliette ne souleva plus sa persienne; mais, abritée derrière, elle vit passer plus d'une fois au large le canot que montait cet homme qu'elle prenait pour le prince Karinoff.

Et elle éprouvait un sentiment de pitié profonde pour un malheureux qui devait souffrir le martyre.

Un jour, il y en avait trois que Léocadie la

Rousse s'était mise en rapport avec M. Henri Morfontaine, Gérard reçut une lettre par la poste.

E..e venait de Marseille et portait en marge ces mots :

THÉATRE DU GYMNASE, A MARSEILLE.

Le directeur s'excusait d'avoir pénétré le secret de la retraite de Gérard, lui annonçait qu'il allait jouer sa pièce et le suppliait d'assister à la répétition générale.

Gérard, qui s'ennuyait quelque peu, accepta.

Il se rendit à Marseille; Juliette refusa de l'accompagner.

— Va, lui dit-elle, je ne veux pas quitter notre chère retraite. J'irai à la première, et ce sera bien beau de ma part, car je connais un peu trop la pièce, ayant assisté à sa confection.

Gérard partit enchanté.

A minuit, il revint, le front soucieux, la parole brève et cassante comme du bois mort en hiver.

— Mais qu'as-tu donc? lui demanda Juliette toute surprise.

— Rien.

Et il se coucha.

Le lendemain, il était de pareille humeur.

— Ah ça, mon bon ami, dit Juliette, comme ils se mettaient à table pour déjeuner, me feras-tu l'honneur de me dire ce que tu as?

— Je suis jaloux, dit sèchement Gérard.

— Et de qui? fit Juliette en tressaillant.

— D'un homme qui vous poursuit partout, le prince Karinoff.

Juliette pâlit.

— Il est à Marseille, poursuivit Gérard, il était dans une baignoire, hier, pendant la répétition. Je l'ai bien reconnu, quoique je ne l'aie vu qu'une fois en ma vie.

— Veux-tu que nous retournions à Paris? dit imprudemment Juliette.

— Ah! dit Gérard, j'avais donc deviné juste. Tu savais qu'il était à Marseille.

— Oui, dit-elle simplement, mais puis-je empêcher un homme de m'aimer? Je ne l'aime pas, tu le sais bien... et je te l'ai prouvé!... Veux-tu que nous retournions à Paris?

— Non, dit brusquement Gérard. Je ne veux pas avoir l'air de fuir devant lui.

Il fut désagréable et quinteux le reste de la journée et évita toute nouvelle explication.

27

Le soir, il retourna à Marseille.

C'était le lendemain qu'on devait jouer sa pièce ; mais de certaines difficultés de mise en scène avaient nécessité une dernière répétition, dite de *raccords*.

Gérard, pendant un entr'acte, descendit au café du théâtre.

Deux jeunes gens causaient dans un coin, en buvant de la bière.

L'un d'eux disait à l'autre :

— Es-tu resté longtemps avec Juliette ?

A ce nom, Gérard tressaillit et tourna la tête.

— Environ deux ans. C'est le bail qu'elle fait avec tous ses amants. Elle est désintéressée la première année, elle commence à vous plumer les six premiers mois de la seconde ; elle vous trompe les six derniers.

Il y a bien des femmes, en ce monde, qui portent le nom de Juliette, mais Gérard eut le pressentiment que c'était de la sienne qu'on parlait.

— Ah ! dit encore l'un des deux jeunes gens, elle vous trompe les six derniers mois ?

— Oui, c'est une femme d'habitudes. Elle ne vous lâche pas du premier coup, elle commence par se détacher petit à petit.

La cloche du théâtre se fit entendre et les deux buveurs se levèrent.

Gérard gagna, en trébuchant, la porte des artistes, il songeait au prince Karinoff.

A l'entr'acte suivant, il revint au café, espérant y retrouver les deux buveurs; mais à la place même où il les avait vus, il y avait deux autres personnages qui attirèrent tout de suite l'attention de Gérard.

Ils étaient vêtus comme des laquais de grande maison qui se dispensent de la livrée. L'un d'eux portait de grosses moustaches et avait l'air d'un chasseur.

Ils causaient mystérieusement, dans une langue que Gérard ne comprenait pas, mais qu'il reconnut pour être la langue russe.

Dans leur conversation, ils prononcèrent un nom qui retentit jusques au fond du cœur de Gérard : Karinoff!

Puis l'un d'eux eut un sourire qui hérissa les cheveux de Gérard et tira de sa poche une clef qu'il montra, en prononçant les mots français· jardin et bateau.

Gérard eut le vertige.

Nature inquiète, soupçonneuse, il eut bientôt,

préparé par la conversation des deux jeunes gens, imaginé tout un plan de trahison, ourdi selon lui par Juliette.

Le prince avait une clef du jardin; et c'était par mer qu'il comptait revoir Juliette, et peut-être l'enlever.

Gérard ne remonta pas au théâtre; mais il se jeta, comme un furieux, dans une voiture de place et donna l'ordre au cocher de le conduire à la maison du golfe Saint-Henri.

XXIX

LE FAUX PRINCE

Juliette était restée seule.

Elle n'avait emmené de Paris que sa femme de chambre, une fille qu'elle avait depuis fort longtemps à son service.

Le jardinier et sa femme lui servaient de domestiques ; mais ils s'en allaient à la nuit tombante et se retiraient dans un petit pavillon qui était au fond du jardin.

27.

Juliette et Gérard demeuraient donc seuls, la nuit, avec la femme de chambre.

Ce soir-là, tout émue encore de l'espèce de scène que Gérard lui avait faite, Juliette était allée s'asseoir dans le jardin, prêtant une oreille inquiète au bruit des vagues, et regrettant presque les premiers mois de son union avec Gérard.

La cloche qui se trouvait à la porte d'entrée tinta tout à coup.

Juliette se leva vivement. Était-ce donc Gérard qui rentrait ? Il était dix heures à peine. La veille, il n'était venu qu'après minuit.

La femme de chambre accourut, toute bouleversée :

— Madame... madame... dit-elle, venez vite

— Qu'est-ce donc ? demanda Juliette effrayée.

Pour comprendre l'émoi de la femme de chambre il faut savoir qu'elle était depuis près de dix ans au service de Juliette et qu'elle avait connu ses différentes liaisons.

On avait sonné, elle était allée ouvrir ; puis elle avait reculé stupéfaite.

Un homme était devant elle qui lui disait :

— Où est Juliette ? il faut que je voie Juliette !...

Cet homme, c'était M. Émile Moranval.

Et comme la femme de chambre hésitait, il l'avait repoussée et était entré malgré elle.

Il était pâle, tête nue et avait ses vêtements en désordre.

La femme de chambre, alors, était venue chercher Juliette.

Juliette recula comme avait reculé la femme de chambre, en reconnaissant Moranval.

Celui-ci qui paraissait en proie à une terrible agitation lui dit :

— Si tu ne me sauves, je suis un homme perdu !

Léocadie avait dit vrai. Juliette n'avait aimé qu'un seul homme avant Gérard. C'était ce Moranval, être déchu et flétri aujourd'hui ; mais jadis bon et charmant garçon, distingué et plein de cœur.

Juliette eut un retour de jeunesse ; elle se laissa prendre à ces traits bouleversés, à ce visage amaigri, à ces vêtements en lambeaux.

— Mais, malheureux ! dit-elle, qu'as-tu fait ?

— La misère ! dit-il, d'une voix affolée.

— Qu'as-tu fait ? répéta-t-elle.

— J'ai volé.... on me poursuit.... c'est le bagne... Cache-moi !...

— Te cacher... mais où ?... mais comment ? fit

Juliette éperdue et songeant que Gérard allait venir !...

L'être dégradé poursuivit :

— J'ai retenu mon passage à bord d'un navire
qui part demain matin, un canot viendra me prendre ici avant le jour, mais il me faut deux mille
francs, et je n'ai pas cent sous !

— Deux mille francs ! exclama Juliette qui perdit la tête. Elle se souvenait que Gérard avait écrit
à Paris la veille pour faire venir de l'argent.

Il n'y avait pas cinq cents francs dans la maison.

— Je crois que je deviens folle, murmura-t-elle.

Et comme elle disait cela, on sonna de nouveau.

— Mon dieu ! s'écria Moranval, on me poursuit... c'est eux, n'ouvre pas !...

Il y avait dans la maison une cave. Juliette en
ouvrit la porte et y poussa Moranval.

Puis elle fit un signe à sa femme de chambre
qui alla ouvrir.

Celle-ci jeta un nouveau cri.

Juliette, hors d'elle-même, courut à la porte.

Il y avait un homme enveloppé dans un grand
manteau dont le collet lui cachait à demi le visage,
mais Juliette vit les yeux, le regard et sentit ses
jambes fléchir. La route était déserte, la nuit

obscure. La lampe que la femme de chambre tenait à la main vacillait au souffle du vent.

Juliette reconnut ou plutôt elle crut reconnaître le prince Karinoff.

Le faux prince lui tendit un portefeuille. Juliette, frappée de stupeur, allongea machinalement la main et le faux prince disparut dans les ténèbres.

Juliette hébétée regarda le portefeuille ; il exhalait une odeur de cuir de Russie et était marqué d'un *P* et d'un *K*, les initiales du prince Karinoff.

Elle l'ouvrit. Des billets de banque s'en échappèrent.

— Lui ! toujours lui !... murmura-t-elle.

Et avec les billets de banque, un mot au crayon :

« Je retourne à Paris.

« K... »

Un moment immobile, pétrifiée, Juliette se demanda si elle n'était pas le jouet d'un rêve.

Puis, enfin, le sentiment de la réalité lui revint, et avec lui l'instinct du danger.

Chasser Moranval, c'était l'envoyer au bagne, disait-il.

Et, cependant, Gérard pouvait revenir d'un moment à l'autre.

Juliette prit les billets, les remit dans le porte-feuille, ouvrit la porte de la cave, appela Moranval qui paraissait tout tremblant et lui remit l'argent du prince en lui disant :

— Prends. Voilà pour ton passage, mais où te cacher?

— Je resterai dans la cave, s'il le faut.

— Non, dit Juliette, mais j'ai un amant que j'aime et qui est jaloux. S'il te trouvait, mon bonheur serait perdu.

Il y avait dans la maison deux chambres de domestique.

Juliette pouvait se fier à sa femme de chambre; celle-ci conduisit Moranval dans la mansarde inoccupée et lui fit un lit.

Il était temps; elle était à peine redescendue qu'on sonna de nouveau.

Cette fois, c'était Gérard.

Mais Juliette était la femme des heures solennelles. Elle savait avoir un calme héroïque dans les moments désespérés, et Gérard la trouva souriante, assise devant son piano et étudiant une valse nouvelle.

Il eut honte de ses fureurs jalouses et l'embrassa.

— Je suis fou! ajouta-t-il.

Et il se reporta au meilleur temps de leurs amours et se remémora tout ce que Juliette avait fait pour lui prouver qu'elle l'aimait.

Elle ne lui fit pas un reproche de ses emportements de la veille et du matin. Elle ne fut que triste et un peu préoccupée.

— Tu m'en veux! lui dit Gérard.

— Non, je te pardonne, répondit-elle; mais tu as douté de moi... c'est mal...

— J'étais jaloux!

— Mon ami, lui dit-elle avec mélancolie, si je ne t'aimais plus, qui donc me forcerait à partager ta vie?

Gérard se coucha, sa jalousie était calmée, il dormit; mais la nuit, il eut le cauchemar et, chose bizarre! il lui sembla qu'il rêvait tout éveillé, que ses yeux étaient ouverts, mais qu'une sorte de léthargie l'étreignait et l'empêchait de remuer.

Il avait bu au café du Gymnase un grog qui lui avait paru amer.

Alors, pendant ce singulier cauchemar, il lui sembla que Juliette sortait doucement de son lit, se levait sans lumière et sortait de la chambre.

Où allait-elle?

Gérard essaya de se secouer; mais il ne le put.

Or, tandis que son corps était plongé dans une paralysie complète, son ouïe conservait toute sa finesse.

Il entendit marcher dans la maison ; puis un chuchotement de voix étouffées, puis un bruit de pas dans le jardin... puis celui de la porte donnant sur la mer, qui s'ouvrit.

Il fit un dernier, un suprême effort pour se lever, car il se souvint des deux Russes qui s'étaient montré une clef et avaient parlé du prince Karinoff ; mais l'étrange ivresse qui l'étreignait ferma violemment ses paupières et boucha ses oreilles...

Et quand il s'éveilla, Juliette dormait calme, tranquille, ses lèvres entr'ouvertes par un sourire, un rayon de soleil se jouant dans sa noire chevelure en désordre.

« J'ai rêvé, » se dit Gérard.

. . . .

Cependant à onze heures du matin, il se leva pour déjeuner.

— Eh bien, vilain jaloux, lui dit Juliette, as-tu faim ?

Gérard la regarda.

— Dis donc, Juliette, fit-il, serais-tu femme à me faire un serment ?

— Que veux-tu dire?

— Me jurerais-tu bien que le prince Karinoff n'est pas entré ici?

— Tu es fou! dit-elle.

— Me le jurerais-tu?

— Je te le jure, dit-elle simplement.

Elle disait vrai. Le faux prince n'avait point franchi le seuil de la maison.

— C'est bien, dit Gérard. J'ai rêvé.

— Mais qu'as-tu donc rêvé? fit-elle avec inquiétude.

— Que tu te levais cette nuit...

— Ah!

Et Juliette pâlit légèrement.

— Et que tu causais avec quelqu'un.

Elle le regarda fixement :

— Mon ami, dit-elle, je te jure que je t'aime, je te jure que je ne suis qu'à toi. Maintenant si tu as quelque respect pour moi, tu ne continueras point ce rôle d'inquisiteur.

Il eut honte de ses défiances et demanda pardon.

Mais après le déjeuner, il alla dans le jardin et s'arrêta tout à coup, muet, l'œil hagard, les cheveux hérissés.

Il venait d'apercevoir sur le sable fin des allées,

28

l'empreinte d'une botte, mince, étroite, aristocratique.

Cette empreinte se répétait et se dirigeait jusqu'à
la porte qui donnait sur la mer.

En proie à un furieux délire, Gérard ouvrit cette
porte : il vit sur le sable encore humide la trace
que fait un canot en abordant.

Dès lors, il ne douta plus...

Le prince était venu par mer, pendant la nuit ;
le prince avait été reçu par Juliette, et il n'avait
point rêvé...

Il rentra comme un fou et s'écria :

— Ah ! tu es la dernière des créatures, tu m'as
trompé !

— Gérard, dit Juliette éperdue, écoute-moi...

— Le prince est venu cette nuit !... Tu l'as
vu !...

— C'est vrai, dit-elle.

— Infâme ! s'écria-t-il.

— Gérard, dit-elle encore avec douceur, tu
doutes de moi !...

— Non, dit-il, je ne doute plus..., tu es la dernière des créatures !...

Elle voulut parler, il la repoussa, elle voulut
se traîner à ses genoux ; il l'insulta...

Alors, elle se redressa fière, hautaine, forte de sa conscience et de son amour :

— Je vous avais pardonné, moi, dit-elle ; et vous ne daignez pas me permettre de m'expliquer ; et vous m'insultez... Vous êtes un lâche !

Et elle alla s'enfermer dans sa chambre et fondit en larmes !...

Quant à Gérard, niais comme le sont tous les hommes, qui auront toujours une foi aveugle dans la femme qui les trompe et douteront toujours de celle qui les aime, il sortit de la maison, se répandant en injures, en imprécations, et il courut à Marseille pour y chercher le prince, le provoquer et le tuer.

Mais il eut beau aller d'hôtel en hôtel, frapper à la porte de toutes les maisons meublées, interroger les listes d'étrangers...

Nulle part, on n'avait vu le prince Karinoff.

Il revint vers minuit, brisé, anéanti, mourant de douleur...

Il songeait à tuer Juliette et à se tuer ensuite.

Mais il eut beau sonner ; la maison était close.

Enfin, le jardinier vint ouvrir.

— Monsieur, lui dit-il, madame est partie.

— Partie ! exclama Gérard stupide.

— Oui... pour Paris...

— Mais, balbutia-t-il, elle a laissé une lettre pour moi?...

— Non, dit le jardinier.

Ce fut le coup de grâce. Gérard s'affaissa anéanti.

XXX

« Cher monsieur,

« Vous avez joué votre rôle de prince à ravir.

« Malheureusement vos efforts ont été infruc-
tueux. La belle inconnue est partie, et un pauvre
diable du nom de Moranval vous remercie de quelques billets de mille francs que vous lui avez
donnés et qui lui ont rendu grand service.

« Vous vous consolerez aisément, du reste, car Marseille est la pépinière des femmes jeunes, spirituelles et jolies.

« Votre amie inconnue. »

XXXI

LE VRAI PRINCE

Juliette avait conservé, lorsqu'elle avait loué à Auteuil, un pied-à-terre dans le quartier de la Chaussée-d'Antin.

Ce fut là que, vingt-quatre heures après les événements que nous venons de raconter, elle descendit affolée, en proie à une sorte de fièvre délirante et à un immense déchirement de cœur.

Un homme l'attendait au seuil de la maison.

C'était S... le vaudevilliste, à qui elle avait envoyé de Lyon une dépêche télégraphique.

— Je crois que je vais mourir, lui dit-elle. Gérard m'a foulée aux pieds et je l'aime. Je t'ai écrit pour que tu me sauves de moi-même, car je crois que je vais me tuer.

S... est un homme de cœur; il écouta Juliette, il se fit tout raconter.

— Ma chère, lui dit-il, tout ce que tu me dis là est tellement extraordinaire que je n'y puis croire. Le prince Karinoff n'a pas quitté Paris.

— C'est impossible! s'écria-t-elle.

— Je l'ai vu hier, avant-hier, et les jours précédents...

Juliette prit sa tête à deux mains :

— Je deviens folle! murmura-t-elle.

Elle était dans un état si alarmant que S... envoya chercher le docteur A...

Le bon docteur la trouva ayant le délire; et ce ne fut qu'au matin qu'elle recouvra sa raison. Elle avait répété mille fois le nom de Gérard.

— Voilà un imbécile! pensa S... qui au lieu de prendre un train express va fouiller Marseille pour y trouver le prince Karinoff; lequel est tranquillement à Paris, avenue Lord-Byron.

Cependant la femme de chambre de Juliette jurait qu'elle avait vu le prince à Marseille.

« J'ai fait bien des pièces, pensa S... en courant chez le prince, mais je n'ai jamais trouvé une intrigue de cette force-là. »

Le prince était en effet chez lui. Il écouta S... avec étonnement, jura qu'il n'avait point quitté Paris et le suivit chez Juliette.

En le voyant, Juliette jeta un cri et comprit tout.

En son absence le prince avait laissé pousser toute sa barbe.

Or, le faux prince Karinoff ne portait que des moustaches.

— C'est un tour de Léocadie! s'écria le prince.

— Un tour dont je meurs, murmura Juliette d'une voix éteinte.

— Oh! non, s'écria le prince avec feu, non, vous ne mourrez pas.

. . . .

Les hommes sont bêtes!

Juliette passa huit jours entre la vie et la mort, appelant Gérard dans son délire et prête à lui pardonner.

Gérard ne venait pas.

S... lui avait écrit ; il lui avait envoyé télégramme sur télégramme.

Que faisait Gérard ?

Il s'obstinait à croire que Juliette n'avait point quitté Marseille, qu'elle s'y cachait avec le prince et il réunissait une à une mille preuves menteuses de sa trahison.

Le jardinier, acheté cent écus, avait fait un joli roman.

A l'entendre, chaque nuit Juliette et le prince causaient longuement au bord de la mer.

Léocadie lui avait écrit une lettre anonyme dans laquelle elle lui disait que Juliette et le prince vivaient tout tranquillement dans une propriété du côté d'Endoumes.

Gérard perdit une journée à explorer ce quartier et ne trouva rien.

Le jardinier confisquait les lettres et les télégrammes.

Enfin, au bout de huit jours, Gérard finit par où il aurait dû commencer.

Il se dit que, de toute façon, avec ou sans le prince, Juliette avait dû retourner à Paris.

Vingt-quatre heures après, il arrivait chez elle.

Juliette avait quitté le lit pour la première fois.

Elle était pâle et défaite et ressemblait à un spectre.

Gérard ne vit qu'elle en entrant, et il poussa un cri :

— Ah ! Juliette ! dit-il.

Mais, en se retournant, il vit un homme grave et triste dans le salon.

C'était le prince.

Le prince qui avait veillé Juliette nuit et jour.

Et soudain tout son sang afflua à son cœur, une pâleur mortelle envahit son front ; ses lèvres se frangèrent d'écume :

— Oh ! pardon, dit-il avec ironie, je crois que je n'ai plus le droit d'entrer ici. Excusez-moi, prince.

Juliette eût pardonné quelques minutes auparavant. Ces mots la frappèrent au cœur.

— Gérard, dit-elle, je t'aimais de toute mon âme, je suis prête à t'aimer encore, mais il faut que tu répares tous les torts d'un seul mot. Je te jure que je suis innocente, me croiras-tu ? et cela sans me demander aucune explication ? A ce prix, je te pardonne tout.

Gérard aurait dû tomber à genoux ; mais la présence du prince l'exaspéra :

— Ah ! dit-il, vous avez une audace sans pareille! Encore une fois, prince, excusez-moi!...

Et il sortit, la tête haute, insolent et dédaigneux.

Juliette cacha son visage dans ses mains et murmura :

— Faites que je meure!...

Le prince se mit à genoux devant elle et lui dit :

— Puisque vous voulez mourir, laissez-moi me tuer avec vous...

Elle lui prit la main, la serra fiévreusement et murmura :

— Oh ! vous êtes bon comme Dieu, vous !

ÉPILOGUE

I

S... A GÉRARD

« Mon ami,

« Je suis chargé d'une mission qui va te faire un mal affreux. Juliette dont tu as douté, que tu as calomniée, était innocente, et Juliette ne t'aime plus.

« Elle quitte Paris. Où va-t-elle ? je ne sais. Veux-tu lui rendre ses lettres. Elle ne l'exige pas, mais elle espère que tu auras la loyauté de le faire. En-voie-les-moi.

> « A toi,
>> «S.... »

II

Une heure après la réception de cette lettre, Gé-rard était aux pieds de Juliette.

Il était à genoux, il demandait grâce.

Et elle lui répondit, d'une voix brisée, ce mot fatidique, prononcé au lendemain des révolutions : — Trop tard !

Un jour peut-être vous dirons-nous la suite de l'histoire de Juliette.

TABLE

Préface.   v

Introduction.   3

    I. Les Théories d'Aspasie.   17

   II. Les Fiançailles.   59

  III. Le Drame de la rue Léonie.   55

  IV. Juliette à Aspasie.   70

   V. La Conspiration de Léocadie.   74

  VI. Le Réveil.   85

 VII. Les Opinions du baron Benjamin.   106

VIII. Le Souper.   114

  IX. Ce que le vaudevilliste S... entendait par une jolie
         première..   152

   X. Où l'on revoit Léocadie.   144

  XI. Léocadie au prince Karinoff.   148

  XII.   152

 XIII.   157

  XIV.   162

XV. Le Joyeux Pianiste. 187

XVI. Cancans. 198

XVII. Léocadie la Rousse au prince Karinoff. 211

XVIII. Jalousie. 215

XIX. Bourreau des Crânes. 231

XX. La Veillée des Armes. 241

XXI. Le Coupé brun. 248

XXII. Léocadie au baron Conrad. 261

XXIII. La Cigarette. 272

XXIV. Victoire. 281

XXV. Léocadie au baron Conrad de Wilmhaüsen, à Wilna,
frontière de Pologne. 290

XXVI. Le Marseillais qui a tué un Lièvre. 292

XXVII. Un Anonyme à M. le baron Henri de Morfontaine. . . 303

XXVIII. Arrière-saison. 308

XXIX. Le Faux Prince. 317

XXX. Léocadie à M. le baron Henri de Morfontaine. 329

XXXI. Le Vrai Prince. 331

Épilogue. 337

PARIS. — IMP. SIMON RAÇON ET COMP., RUE D'ERFURTH, 1.